元曲 300首 (中)

元曲 300首 (中)

류 인 옮김

소울앤북

책을 내면서

우연한 계기로 당시 300수를 발간하였고 많은 분의 격려에 힘입어 송사 300수까지 이어졌다. 송사 300수를 번역하면서 이 작업을 중국에서는 많이 애송되지만, 우리나라에는 아직 제대로 소개되지 않고 있는 원곡까지는 하고 싶다고 생각하였다. 중국 근대의 왕국유(王国维)가 초소(楚骚), 한부(汉赋), 육대 병어(六代骈语), 당시(唐诗), 송사(宋词), 원곡(元曲)을 중국 역대 왕조의 대표적인 문학 장르로 정의하였는데 당시에서 원곡까지 소개하게 되었으니, 의미가 매우 깊다.

원곡(元曲)은 민간에서 유행하던 '길거리 소령(街市小令)' 또는 '마을 소조(村坊小调)'에 뿌리를 두고 있으며 원이 중원으로 진출하면서 다두(大都, 지금의 베이징)와 린안(临安, 지금의 항저우)을 중심으로 광활한 지역에 걸쳐 유행하였는데 생겨난 지역에 따라 북곡(北曲)과 남곡(南曲)으로 나눈다.

장르 상으로는 코믹한 표현과 대사가 특징인 잡극(杂剧)과 대사는 없고 서정격인 가사가 주를 이루는 산곡(散曲)으로 나누어진다. 따라서 잡극은 희곡(戏曲), 산곡은 시가로 분류하기도 한다. 산곡은 몇 단(段, 시의 상, 하편 한 묶음)으로 구성되었느냐에 따라 다시 소령(小令)과 대과곡(带过曲), 투수(套数)로 구분된다.

원곡에는 육궁 십일조(六宫十一调)의 음조가 사용되었는데 육궁은 선려(仙吕), 남려(南吕), 황종(黄钟), 중려(中吕), 정궁(正宫), 도궁(道宫)으로 나누어지며 십일조는 대석(大石), 소석(小石), 반섭(般涉), 상각(商角), 고평(高平), 게지(揭指), 상조(商调), 각조(角调), 월조(越调), 쌍조(双调), 궁조(宫调)로 나누어진다.

원나라 때는 팔창 구유 십개(八娼九儒十丐, 8번째 기녀, 9번째 학자, 10번째 거지)라고 할 정도로 문인들이 천시받았다. 그래서 원곡은 한편으로는 시가의 미려함과 구성짐을 계승하면서도 다른 한편으로는 신랄한 정치 사회적 정서를 포함하고 있다. 또한 역대 시사에 비해 직설적이고 통속적인 표현이 더하여져 문학의 폭을 넓혔다고 평해진다.

원곡은 3시기에 걸쳐 발전하였다. 원나라가 세워지고 남송이 멸망하게 되는 기간에 민간의 통속적이고 구어체적인 특징이 문단에 유입되었다. 세조 지원(世祖至元, 1262~1294년) 때부터 순제 후지원(顺帝后至元, 1335년)의 기간에는 전문적인 문인들이 창작하기 시작한다. 혜종 지정(惠宗至正, 1341~1370년)의 원 말기가 되면 산곡 작가들이 전업으로 작품 활동을 하게 되면서 율격과 문체에 공을 들이게 되고 예술적인 완성도가 높아졌다.

원곡 삼백 수의 선정 편찬은 1926년 임나(任讷)에 의해 처음 이루어졌고 1943년 이후 노전(卢前)과 함께 공동으로 증보 작업을 한 것이 지금까지 가장 광범위하게 받아들여지고 있다.

당시, 송사, 원곡의 여정을 마치는 데 아내의 전폭적인 이해와 배려가 큰 도움이 되었다. 항상 커다란 사랑의 빚을 지고 있음을 새삼 느끼게 되었다. 이 책의 출간을 도와주신 소울앤북 출판사와 모든 분께 감사드린다.

2024년 10월, 류인

차례

책을 내면서 · 05

우집(虞集)
　双调·折桂令, 席上偶谈蜀汉事因赋短柱体(쌍조·절계령, 연회석 상에서 기분 내키는 대로 이야기한 촉한의 사건을 소재로 단주체를 씀) · 15

유치(刘致)
　南吕·四块玉(남려·사괴옥 제1, 3, 4, 9수) · 17
　中吕·朝天子, 邸万户席上(중려·조천자, 저만호의 연회석상에서 제1, 2수) · 20
　中吕·红绣鞋, 劝收心(중려·홍수혜, 단정한 마음가짐을 권하다) · 24
　双调 折桂令(쌍조 절계령)
　　农(농민) · 25
　　渔(어부) · 26
　　樵(나무꾼) · 27
　　牧(목동) · 28
　双调·殿前欢(쌍조·전전환 제1, 2수) · 30

아노위(阿鲁威)
　双调·蟾宫曲, 怀古(쌍조·섬궁곡, 옛일을 회상함 제1, 2수) · 32

왕원정(王元鼎)
　双调·凭栏人, 闺怨(쌍조·빙란인, 아녀자의 한 제1, 2수) · 36

설앙부(薛昂夫)

正宫·塞鸿秋(정궁·새홍추) · 38
双调·蟾宫曲, 雪(쌍조·섬궁곡, 눈) · 39
中吕·山坡羊(중려·산파양) · 41
双调·湘妃怨, 集句(쌍조·상비원, 집구) · 42

관운석(贯云石)

双调·水仙子, 田家(쌍조·수선자, 시골집 제1, 2수) · 44
正宫·塞鸿秋, 代人作(정궁·새홍추, 대신 쓴 글) · 46
中吕·红绣鞋(중려·홍수혜) · 47
双调·殿前欢(쌍조·전전환 제1, 2수) · 48
双调·清江引(쌍조·청강인 제1, 2, 17, 21수) · 50

주문질(周文质)

正宫·叨叨令, 自叹(정궁·도도령, 스스로 탄식함) · 55
正宫·叨叨令, 悲秋(정궁·도도령, 서글픈 가을) · 56
双调·落梅风(쌍조·낙매풍 제1~3수) · 57
越调·寨儿令(월조·채아령 제1~3수) · 59

교길(乔吉)

正宫·绿幺遍, 自述(정궁·녹요편, 자술) · 63
中吕·满庭芳, 渔父词(중려·만정방, 어부사 제3, 17수) · 64
双调·水仙子(쌍조·수선자)

为友人作(친구를 위해 쓰다) · 66
　　怨风情(사랑을 원망하다) · 67
双调·折桂令, 七昔赠歌者(쌍조·절계령, 칠석날 노래하는 이에게 바친다 제1, 2수) · 68
双调·清江引, 笑靥儿(쌍조·청강인, 보조개 제1, 2수) · 71
双调·卖花声, 悟世(쌍조·매화성, 인간 세상을 깨닫다) · 72
中吕·山坡羊(중려·산파양)
　　寄兴(마음 내키는 대로 살다) · 73
　　冬日写怀(겨울에 심경을 쓰다) · 75
越调·天净沙, 即事(월조·천정사, 즉흥시) · 76

조선경(赵善庆)
中吕·山坡羊(중려·산파양)
　　燕子(제비) · 767
　　长安怀古(장안 회고) · 78
双调·庆东原, 泊罗阳驿(쌍조·경동원, 뤄양 역에서) · 79
越调·凭阑人, 春日怀古(월조·빙란인, 봄날의 회고) · 80

마겸재(马谦斋)
中吕·快活三过朝天子四边静, 冬(중려·쾌활삼 다음 조천자와 사변정, 겨울) · 82
越调·柳营曲, 叹世(월조·유영곡, 세상을 탄식하다) · 84
双调·水仙子, 咏竹(쌍조·수선자, 대나무를 노래함) · 86
双调·沉醉东风, 自悟(쌍조·침취동풍, 스스로 깨닫다) · 87

장가구(张可久)

双调·折桂令, 湖上即事叠韵(쌍조·절계령, 호수 위에서 즉흥적으로 지은 첩운) · 88

中吕·朝天子(중려·조천자)

    山中杂书(산중 잡서) · 89

    春思(춘사) · 91

双调·庆东原, 次马致远先辈韵(쌍조·경동원, 마치원 선배의 운을 빌리다 제2, 5, 6수) · 92

中吕·卖花声, 怀古(중려·매화성, 회고 제1, 2수) · 95

双调·水仙子, 红指甲(쌍조·수선자, 붉은 손톱) · 97

黄钟·人月圆, 春日次韵(황종·인월원, 봄날의 운을 빌려) · 98

中吕·朝天子(중려·조천자)

    和贯酸斋(관산재에 화답하여) · 99

    席上有赠(연회 자리에서 바친 시) · 100

中吕·满庭芳, 山中杂兴(중려·만정방, 산속 즉흥시 제1, 2수) · 101

中吕·齐天乐带红衫儿, 道情(중려·제천악 다음 홍삼아, 도정) · 105

越调·寨儿令, 次韵(월조·채아령, 운을 빌려오다) · 107

임욱(任昱)

正宫·小梁州, 春怀(정궁·소량주, 봄날 소회) · 110

中吕·上小楼, 隐居(중려·상소루, 은서) · 111

南吕·金字经, 重到湖上(남려·금자경, 호수에 다시 오다) · 112

双调·沉醉东风, 信笔(쌍조·침취동풍, 붓 가는 대로 쓰다) · 113

서재사(徐再思)

双调·沉醉东风, 春情(쌍조·침취동풍, 춘정) · 115
双调·蟾宫曲, 春情(쌍조·섬궁곡, 춘정) · 116
仙吕·一半儿(선려·일반아)
    病酒(만취) · 117
    落花(낙화) · 118
    春情(춘정) · 119
双调·水仙子, 夜雨(쌍조·수선자, 밤비) · 120
双调·卖花声(쌍조·매화성 제1, 2수) · 121
黄钟·人月圆, 甘露怀古(황종·인월원, 간루 회고) · 122
双调·清江引, 相思(쌍조·청강인, 그리움) · 124

송방호(宋方壶)

中吕·山坡羊, 道情(중려·산파양, 초탈의 뜻) · 125
双调·水仙子, 居庸关中秋对月(중려·수선자, 추석날 쥐용관에서 달을 보며) · 126
中吕·红绣鞋, 阅世(중려·홍수혁, 세상 경험) · 128
双调·清江引, 托咏(쌍조·청강인, 달을 보며 읊조리다) · 129

손주경(孙周卿)

双调·水仙子(쌍조·수선자)
    舟中(배 안에서) · 130
    山居自乐(산에서 자족하다) · 131
双调·蟾宫曲, 自乐(쌍조·섬궁곡, 자족 제1, 2수) · 133

고덕윤(顾德润)
越调·黄蔷薇带庆元贞, 御水流红叶(월조·황장미대경원정, 황궁 수로의 붉은 잎) · 136
中吕·醉高歌带摊破喜春来, 旅中(중려·취고가대탄파희춘래, 여행 중에) · 138

조덕(曹德)
双调·沉醉东风, 隐居(쌍조·침취동풍, 은거) · 140
中吕·喜春来, 和则明韵(중려·희춘래, 칙명의 운에 맞추어 제1, 2수) · 141
双调·折桂令, 自述(쌍조·절계령, 스스로 말하다) · 143

고극례(高克礼)
越调·黄蔷薇过庆元贞(월조·황장미 다음 경원정 제1, 2수) · 145

왕엽(王晔)
双调·折桂令(쌍조·절계령)
　问苏卿(소경에게 묻다) · 148
　答(답) · 149
双调·殿前欢(쌍조·전전환)
　再问(다시 묻다) · 150
　答(답) · 151

왕중원(王仲元)
中吕·普天乐, 春日多雨(중려·보천악, 봄날 많은 비) · 152

여지암(吕止庵)
  仙吕·后庭花(선려·후정화) · 154
  仙吕·醉扶归(선려·취부귀 제1~3수) · 155

진진(真真)
  仙吕·解三酲(선려·해삼정) · 158

사덕경(查德卿)
  仙吕·寄生草, 感叹(선려·기생초, 감탄) · 160
  越调·柳营曲, 金陵故址(월조·유영곡, 진링 옛터) · 162
  仙吕·一半儿(선려·일반아)
    拟美人八咏 春妆(미인 노래 여덟 수 中 봄 화장) · 163
    拟美人八咏 春醉(미인 노래 여덟 수 中 봄날 술기운) · 164
  中吕·普天乐, 别情(중려·보천악, 이별의 아픔) · 164
  越调·柳营曲, 江上(월조·유영곡, 강 위에서) · 165

조현굉(赵显宏)
  黄钟·刮地风, 别思(황종·괄지풍, 이별 그리고 그리움) · 168
  中吕·满庭芳, 樵(중려·만정방, 나무꾼) · 169

우집(虞集, 1272~1348年)

자는 백생(伯生), 호는 도원(道园)이며 흔히 소암선생(邵庵先生)이라 불림. 문종(文宗, 1328~1331년) 때 조세염(赵世炎) 등과 경세대전(经世大典)을 편찬함. 양재(杨载), 범곽(范椁), 게혜사(揭傒斯)와 함께 원 4대가(元四大家)로 일컬어지며 유관(柳贯), 황잠(黃溍), 게혜사와 더불어 유림 4걸(儒林四杰)로도 불림. 도원 학고록(道园学古录), 도원 유고(道园类稿) 등을 저술하였으며 산곡 2수만 전함.

双调 · 折桂令, 席上偶谈蜀汉事因赋短柱体

鸾舆三顾茅庐。汉祚难扶, 日暮桑榆。深渡南泸, 长驱西蜀, 力拒东吴。美乎周瑜妙术, 悲夫关羽云殂。天数盈虚, 造物乘除。问汝何如。早赋归欤。

쌍조·절계령(双调·折桂令), 연회석 상에서 기분 내키는 대로 이야기한 촉한(蜀汉)의 사건을 소재로 단주체(短柱体)를 씀

황제의 수레가 삼고초려 하였네
한(汉) 왕조는 일으키기 어려움이
해 질 무렵 뽕나무 느릅나무 같았네
남쪽 깊숙이 루수이(泸水)를 건너며[1]

서쪽 촉 땅으로 재빠르게 진군하여
힘을 다해 동오(东吴)를 견제하였네
주유의 계책은 신묘하기 그지없고
뭇사람들 관우의 죽음을 통탄하네
흥망성쇠 정해진 하늘의 운명
조물주가 더하기도 하고 빼기도 함이라
자네에게 묻노니 어떡하려는가
일찌감치 고향으로 돌아가세

1) 루수이는 지금의 진사장(金沙江). 제갈량이 이 강을 건너 맹획(孟獲)과 전투를 벌여 칠종칠금(七纵七擒)의 신화를 남김.

▶원 말 도종의(陶宗仪)가 쓴 남촌철경록(南村辍耕录)에 "우집이 동동학사(童童学士)의 집에서 열린 연회에 참석하였을 때 한 가기가 절계령(折桂令) 한 곡을 빼어나게 불렀는데 한 구절에 두 개의 운이 있었다. 우집이 신기하게 생각하며 그 노래를 좋아하여 그 자리에서 촉한의 역사적 사실을 주제로 글을 써 이 소령이 되었다."라고 기록함. 단주체(短柱体)는 한 구절에 두 개 이상의 압운이 들어가는 원곡의 장르.

유치(刘致, 1258~1335年)

자는 시중(时中), 호는 포재(逋斋)이며 스저우 닝샹(石州宁乡, 지금의 산시 린펀 핑양山西临汾平阳) 출신. 아버지가 광저우 회집령(广州怀集令)을 지내다가 죽은 후 창사(长沙)에 묻혀 유치도 창사에 머물게 됨. 1298년(성종 대덕成宗大德 2년) 한림학사 요수(姚燧)가 창사로 놀러 왔다 유치의 문장을 보고 극찬하며 후난 헌부리(湖南宪府吏)로 추천함. 이후 한림대제(翰林待制), 태상박사(太常博士) 등을 지냄. 시 8수, 소령 70여 수가 남아 있음.

南呂·四块玉 其一

泛彩舟, 携红袖, 一曲新声按伊州。樽前更有忘机友: 波上鸥, 花底鸠, 湖畔柳。

남려·사괴옥(南呂·四块玉) 제1수

예쁜 옷 미녀와 함께
놀잇배를 타면서
한 곡 새로운 노래 이저우(伊州)[1]를 불렀네
술잔 앞엔 근심 걱정 없는 친구들 있으니
파도 위 갈매기와

꽃 아래 비둘기
호숫가 버드나무라네

1) 곡조의 명칭. 당 현종 천보(天宝) 이후 악곡에 지명을 붙이는 경우가 많았음.

南吕 · 四块玉 其三

看野花, 携村酒, 烦恼如何到心头。红缨白马难消受。二顷田, 两只牛, 饱时候。

남려·사괴옥(南吕·四块玉) 제3수

시골 술을 들고
들꽃을 보러 가니
어찌 마음속에 번뇌가 있을쏘냐
붉은 갓끈에 흰말은 누리기 어려운 법
두 마지기 밭 갈고
두 마리 소 기르면서
배부르게 먹음만 못하도다

南吕·四块玉 其四

佐国心, 拿云手, 命里无时莫强求。随缘过得休生受。几叶锦, 几匹绸, 暖时候。

남려·사괴옥(南吕·四块玉) 제4수

나라를 보좌하고자 하는 마음
구름을 가져올 수 있는 능력
천명에 때가 없으면 억지로 구할 일 아니라
인연에 따라 지내며 어려움을 자초하지 말라
몇 장의 비단과
몇 필의 명주만 있으면
따뜻하게 지낼 수 있지 않은가

南吕·四块玉 其九

禄万钟, 家千口, 父子为官弟封侯。画堂不管铜壶漏, 休费心, 休过求, 撅破头。

남려·사괴옥(南呂·四块玉) 제9수

만 종(钟)[1]의 녹봉과

천 명을 거느린 저택

부자간에 관리가 되고 형제간에 제후가 된들

화려한 집이 구리시계 물방울 떨어짐 막지 못하네

너무 초조해하지 말고

억지로 구하지도 말지니

넘어져 머리 깨질까 하노라

1) 종은 640되에 해당하는 고대의 측량 단위

▶유치는 모두 열 수의 남려·사괴옥을 씀.

* * *

中吕 · 朝天子, 邸万户席上 其一

柳营, 月明, 听传过将军令。高楼鼓角戒严更, 卧护得边声静。横槊吟情, 投壶歌兴, 有前人旧典型。战争, 惯经, 草木也知名姓。

중려·조천자(中吕·朝天子), 저만호(邸万户)의 연회석상에서 제1수

세류영(细柳营)[1]의
밝은 달빛 아래
장군의 명령이 전해진다
높은 누각 북소리 나팔 소리 깊은 밤을 경계하고
장군이 잠들지 못하고 지킴으로 변경 소리(边声)[2] 고요하네
긴 칼 차고 시 읊으며[3]
화살 던지며 노랫소리 한창이니[4]
진실로 옛 영웅의 재현이로구나
숱한 전투
산전수전 거쳤으니
초목도 명성을 익히 알고 있도다

1) B.C 158년(한 문제 후원汉文帝后元 6년) 흉노가 침범하자 주아부(周亚夫)가 세류영에 군대를 주둔시키며 싸움을 준비함. 군기가 엄정하고 전투 역량이 뛰어난 군대의 대명사가 됨.
2) 바람 소리, 말 울음소리, 북소리, 피리 소리 등 변방 특유의 각종 소리.
3) 소식(苏轼)이 적벽부(赤壁赋)에서 "조조가 징저우를 파하고, 장링으로 향하여, 동으로 순항하니, 고물과 이물이 천리에 이르고, 깃발이 하늘을 가렸다. 강가에서 술을 따르며, 긴 칼을 찬 채 시를 지으니, 과연 일세의 영웅이로다. (方其破荆州, 下江陵, 顺流而东也, 舳舻千里, 旌旗蔽空, 酾酒临江, 横槊赋诗, 固一世之雄也。)"라

고 한 뒤 문무를 겸비한 장수의 풍모를 형용하는 말이 됨.
4) 고대 중국의 연회에서 즐기던 놀이. 항아리 주둥이를 향해 화살을 던지고 적게 넣은 사람이 벌주를 마셨음. 송사·악비전(宋史·岳飞传)의 "아름다운 노래와 화살 던지기 한창인데, 점잖기가 선비 같았다. (雅歌投壶，恂恂如书生。)"를 인용.

中吕·朝天子, 邸万户席上 其二

虎韬, 豹韬, 一览胸中了。时时佛拭旧弓刀, 却恨封侯早。夜月铙歌, 春风牙纛, 看团花锦战袍。鬓毛, 木雕, 谁便道冯唐老。

중려·조천자(中吕·朝天子), 저만호(邸万户)의 연회석상에서 제2수

호도(虎韬)와 표도(豹韬)¹⁾를
가슴에 품었거늘
시시때때로 낡은 활과 칼만 닦고 있구나
제후로 봉해짐이 너무 일렀음을 한탄할 따름이라
달밤의 요악(铙歌)²⁾ 소리
봄바람에 휘날리는 대장기
둥근 꽃문양 전투복을 바라만 보고 있네
양쪽 귀밑머리

아직 희어지지 않았으니
누가 풍당(冯唐)³⁾더러 늙었다고 말하는가

1) 주(周)나라의 여상(呂尙, 강태공)이 지었다고 하는 병법서. 문도(文韜), 무도(武韜), 용도(龙韬), 호도(虎韬), 표도(豹韬), 견도(犬韬) 여섯 권으로 이루어짐.
2) 사기 진작과 공신 격려를 위해 북과 피리를 사용하여 연주하던 군가 곡.
3) 서한 문제(西汉文帝) 때 흉노가 국경을 침범하자 풍당은 위상(魏尙)을 추천하여 복권하고 자신은 거기도위(车骑都尉)에 임명되어 전선을 방어함. 경제(景帝)가 즉위하자 초상(楚相)으로 임명되었으나 곧 파면됨. 무제(武帝) 때 다시 흉노가 침범하자 풍당이 천거되었으나 이때는 이미 그의 나이 90세를 넘었음. 이후 나이 들어 뜻을 이루기 어려울 때 풍당의 비유를 사용하게 됨.

▶1311년(무종 지대武宗至大 4년) 항저우에 주둔하고 있던 절친 저원겸(邸元谦)의 연회에 참석하여 그를 칭찬하여 쓴 작품. 만호는 원나라 때의 세습 군직.

조천자(朝天子)는 당나라 때 교방곡이 곡패로 변한 것으로 알금문(谒金门), 조천곡(朝天曲)이라고도 함. 조천(朝天)은 고대 봉건국가가 중앙이 천자에게 알현한다는 뜻이며 자(子)는 소곡(小曲)을 말함.

* * *

中吕 · 红绣鞋, 劝收心

不指望成家立计, 则寻思卖笑求食, 早巴得个前程你便宜。虽然没花下子, 也须是脚头妻, 立下个妇名儿少甚的。

중려·홍수혜(中吕·红绣鞋), 단정한 마음가짐을 권하다

결혼하여 가정을 이룰 계획은 없이
웃음을 팔아 편히 살 생각만 하니
일찌감치 네 앞길을 막 나가기로 한 거냐
바람둥이는 아니라 할지라도
응당 막노동꾼 아내가 될지니
부녀자의 이름을 세우는 일이 매우 드묾이라

▶ 기녀에게 마음을 새롭게 하여 기적을 정리하고 결혼하여 정숙한 부녀자의 길을 갈 것을 권유하는 노래.
홍수혜(红绣鞋)은 주리곡(朱履曲), 양두화(羊头靴)라고도 함. 금말 원초에 북방에서 생겼으며 후에 남곡으로 확산됨. 중려궁에 속한 곡이나 정궁에서도 사용됨.

* * *

双调 折桂令, 农

想田家作苦区区, 有斗酒豚蹄, 畅饮歌呼。瓦钵瓷瓯, 村箫社鼓, 落得妆愚。吾将种牵衣自舞, 妇秦人击缶相娱。儿女供厨, 仆妾扶舆, 无是无非, 不乐何如。

쌍조 절계령(双调 折桂令), 농민

시골집을 생각하면 세상 고민 별것 아니니
술 한 잔과 돼지 발굽 있어
거나하게 마시고 노래 부르네
토기 사발과 자기 종지
동네의 피리 소리 북소리
어울려 단순해짐에 흡족해하네
내가 씨 뿌리고 옷 끌며 춤을 추면
진 사람(秦人) 마누라는 질장군[1]을 치며 같이 흥을 내는구나
아이들이 같이 요리하고
하인과 계집종이 일을 거들며
둥글둥글 살아가니
어찌 즐겁지 아니한가

---

1) 아가리가 좁고 배가 불룩한 질그릇. 진(秦) 시대에는 연회 때 이것을 두들기며 장단을 맞추었음.

双调 折桂令, 渔

鳜鱼肥流水桃花, 山雨溪风, 漠漠平沙。箬笠蓑衣, 笔床茶灶, 小作生涯。樵青采芳洲蓼牙, 渔童薪别浦兼葭。小小渔艇, 泛宅浮家, 一舸鸱夷, 万顷烟霞。

쌍조 절계령(双调 折桂令), 어부

물 흐르는 곳 쏘가리 통통하고 복숭아꽃 화창하네
산에는 비 내리고 계곡에 바람 불며
모래톱엔 안개 자욱하네
삿갓과 도롱이만 걸친 채
붓걸이와 차 화로뿐인[1]
오두막집 살림살이
초청(樵青)[2]이 방초 우거진 섬에서 여뀌 새싹을 딸 때
어동(渔童)[2]은 별포(别浦)[3]에서 땔감으로 갈대를 모으네
아주 작은 고기잡이배에
커다란 술 부대(鸱夷)[4] 하나 싣고
물 위에서 사는데
안개 노을은 망망하여 끝이 없어라

---

1) 신당서, 은둔 열전(新唐书·隐逸列传)에 실린 육구몽(陆龟蒙)의 고사 "속세와 어울리는 것을 싫어하여… 돗자리 깐 배에 책과 차 화로, 붓걸이, 낚싯대를 지참하였다… (不喜与流俗交……升舟设篷

席, 费束书, 茶灶, 笔床, 钓具往来……)"의 인용.
2) 당(唐)나라 때 장지화(张志和)는 부모의 상을 당한 뒤 자신의 호를 연파도자(烟波徒子)로 짓고 관직에 복귀하지 않음. 숙종(肃宗)이 노비 한 쌍을 보내 주었는데 장지화는 이들을 부부로 맺어주고 각각 호를 어동(渔童)과 초청(樵青)이라고 함. 이후 초청과 어동은 노비를 의미하게 됨.
3) 은하(银河)의 별칭. 견우와 직녀가 은하수를 사이에 두고 헤어졌다고 하여 별포라고 함.
4) 범려(范蠡)는 월왕 구천(越王 勾践)을 보좌하여 오(吴)를 멸망시킨 후 배를 타고 제(齐)로 피신한 후 상업에 종사하면서 이름을 치이자피(鸱夷子皮)로 바꿈. 치이자피는 고대의 쇠가죽으로 만든 술 부대.

双调 折桂令, 樵

正山寒黄独无苗, 听斤斧丁丁, 空谷潇潇。有涧底荆薪, 淮南丛桂, 吾意堪樵。赤脚婢香粳旋捣, 长须奴野菜时挑。云暗山腰, 水沍溪桥, 日暮归来, 酒满山瓢。

쌍조 절계령(双调 折桂令), 나무꾼

새잎 없는 차갑고 누런 산
도끼 소리 쩌렁쩌렁 들리고
인적 없는 골짜기에 바람이 세차구나
계곡의 땔나무

화이난 계수나무숲
나무하라고 나를 부르네
맨발의 하녀가 쌀을 찧고 갈면
수염 덥수룩한 하인은 들나물을 캐어 오고
산허리에 깔린 어두운 구름
얼어붙은 냇물 다리를 건너
저녁 무렵 집으로 돌아와서
산만 한 표주박 가득히 술을 따른다

双调 折桂令, 牧

被野猿山鸟相留, 药解延年, 草解忘忧。土木形骸, 烟霞活计, 麋鹿交游。闷来访箕山许由, 闲时寻崧顶丹丘。莫莫休休, 荡荡悠悠, 挈子携妻, 老隐南州。

쌍조 절계령(双调 折桂令), 목동

들판의 원숭이 산의 새가 붙잡으니
약초를 캐어 장수하고
원추리 달여 근심을 잊네[1]
차림새는 흙이나 나무 같고[2]
안개 노을과 더불어 일하며
미록(麋鹿)[3]과 어울려 지내는구나

답답하면 지산(箕山)의 허유(许由)[4]에게 놀러 가고
심심하면 쑹산(嵩山)꼭대기 단구(丹丘)[5]를 찾는다네
아등바등 억지로 애쓰지 않고
되는대로 이리저리 살면서
자식들 데리고 마누라와 함께
남쪽 지방에 숨어 노년을 보내고 지고

1) 유우석(刘禹锡)이 백거이(白居易)에게 보낸 시 '낙천에게 바침(贈乐天)' 중 "그대는 원추리에 비할 만하니, 서로 보면 근심을 잊음이라(唯君比萱草, 相见可忘忧)"라는 구절이 있음. 원추리는 기분을 좋게 하는 효과가 있다고 함.
2) 꾸밈없이 본래 그대로의 순수한 모습을 의미. '남조 송·유의경, 세설신어·행동거지(南朝宋·刘义庆, 世说新语·容止)'에 "진(晋)나라 때 죽림칠현 중 한 사람인 혜강(嵇康)은 키가 2.6m에 품위 있고 문장이 뛰어났으며 모습이 흙과 나무처럼 자연스러워 애써 꾸밀 필요가 없었다"라고 기록함.
3) 사불상(四不像). 뿔은 사슴, 꼬리는 나귀, 발굽은 소, 목은 낙타를 닮은 사슴과 동물.
4) 요(尧)임금이 그에게 벼슬을 주려고 하였으나 거절하고 지산(箕山)에 은거하며 농사짓고 살았다고 전함.
5) 신선이 거주한다는 전설상의 땅.

▶유시중이 쓴 쌍조 절계령 열 수 중 네 수

* * *

双调·殿前欢 其一

醉翁酡,醒来徐步杖藜拖。家童伴我池塘坐,鸥鹭清波。映水红莲五六科,秋光过,两句新题破。秋霜残菊,夜雨枯荷。

쌍조·전전환(双调·殿前欢) 제1수

술 취한 늙은이 얼굴이 불그스레하더니
술이 깨어 지팡이를 짚고 다리를 끌며 천천히 걷는구나
종아이가 나를 연못으로 데리고 가 앉힌 곳엔
맑은 물결 위를 나는 갈매기 해오라기
대여섯 포기 붉은 연꽃 비치는 물 위로
가을 햇살 침투하니
떠오르는 두 구절 새 시상
가을 서리 맞는 시든 국화와
메마른 연잎 때리는 밤비

双调·殿前欢 其二

醉颜酡,太翁庄上走如梭。门前几个官人坐,有虎皮驮驮。呼王留唤伴哥,无一个,空叫得喉咙破。人踏了瓜果,马践了田禾。

쌍조·전전환(双调·殿前欢) 제2수

술에 취해 얼굴이 벌게서는
백성들의 마을에 베틀 북처럼 오가는구나
문 앞에 앉은 몇몇 관리들
짊어진 호랑이 가죽 부대가 터질 것 같다
어떤 놈은 왕류(王留)를 찾고 어떤 놈은 반가(伴哥)를 부르는데[1]
모두 숨어 누구 하나 나오지 않으니
괜히 고함질러 목구멍만 터지고 말아
사람은 과일을 짓밟고
말은 밭의 곡식을 뭉개어 버리네

---

1) 왕류와 반가는 농민의 일반적인 이름.

아노위(阿魯威, 생몰연대 불상)

자는 숙중(叔重)이며 호는 동천(东泉). 몽골인으로 몽골 문학과 중국 문학에 모두 정통하였음.

双调 · 蟾宫曲, 怀古 其一

鸱夷后那个清闲。谁爱雨笠烟蓑, 七里严湍。除却巢由, 更无人到, 颍水箕山。叹落日孤鸠往还, 笑桃源洞口谁关。试问刘郎, 几度花开, 几度花残。

쌍조·섬궁곡(双调·蟾宫曲), 옛일을 회상함 제1수

치이(鸱夷) 이후 어디 한적한 곳 있는가[1]
누가 삿갓과 도롱이를 사랑하여
치리퇀(七里湍)으로 꼭꼭 숨었나[2]
소유(巢由)를 제외하면
잉수이(颍水) 지산(箕山)에[3]
다다른 이가 없네
해가 지고 기러기 돌아감을 탄식하며
도원 동굴(桃源洞) 문은 누가 닫았는가 허탈한 웃음이라
유랑(刘郎)[4]에게 묻노니
몇 번이나 꽃이 피었고

몇 번이나 꽃이 졌는가

1) 범려는 월왕 구천을 도와 오나라를 멸망시킨 뒤 구천이 어려움을 같이할 수는 있어도 영광을 같이 누리기는 어려운 인물이라고 판단하고 서시와 함께 배를 타고 피신함. 제(齐)나라로 갔을 때는 이름을 치이자피(鸱夷子皮)라고 바꾸었다가 도(陶)나라에서는 다시 도주공(陶朱公)이라고 부름.
2) 동한(东汉)의 엄자릉(严子陵)은 치리탄에 은거하면서 낚시하며 지냄.
3) 소(巢)는 소부(巢父). 요(尧)임금 때 세상 영달을 멀리하면서 나무 위에 잠자리를 만들고 지내서 소부라고 부르게 됨. 유(由)는 허유(许由). 잉수이 강가 지산(箕山) 아래 은거하였음. 요임금이 천하를 다스리는 권세를 주겠다고 제안하자 귀가 더러워졌다고 생각하고 잉수이(颍水)에 가서 귀를 씻음. 잉수이는 허난 린잉현(临颖县)에 있는 강이며 지산은 허난 덩펑현(登封县) 동남쪽의 산.
4) 유신(刘晨)을 가리킴. 동한 명제 영평(明帝永平, 58~75년) 연간에 완조(阮肇)와 함께 톈타이산(天台山)에 약초를 캐러 갔다 두 여인을 만나 함께 반년을 지내고 돌아와 보니 자손이 7대에 이르렀다고 함.

双调 · 蟾宫曲, 怀古 其二

问人间谁是英雄。有酾酒临江, 横槊曹公。紫盖黄旗, 多应借得, 赤壁东风。更惊起南阳卧龙, 便成名八阵图中。鼎足三分, 一分西蜀, 一分江东。

쌍조·섬궁곡(双调·蟾宫曲), 옛일을 회상함 제2수

묻노니 인간 세상 누가 영웅인가
강가에서 술을 따르며
긴 창 비껴 차고 시를 읊는 조공(曹公)과[1]
보라색 덮개와 황색 깃발의 기운[2]
하늘의 도움을 빌려
적벽(赤壁)에 동풍이 불었네[3]
놀라 일어난 난양(南阳)의 와룡(卧龙)[4]
팔진도(八阵图)로 천하에 이름을 얻었네[5]
솥 다리 세 개의 형세[6]
하나는 서촉(西蜀)이요
하나는 강동(江东)이로다

1) 소식(苏轼)이 전 적벽부(前赤壁赋)에서 "징저우(荆州)를 부수고 장링(江陵)을 향하여 동으로 진군할 때 강가에서 술을 따르며 긴 창 비껴 차고 시를 읊었다"라고 조조의 문무 겸비한 영웅 본색을 칭송함.
2) '삼국지·오지·오주전(三国志·吴志·吴主传)'에 나오는 황제 출현의 징조. 손권을 가리킴.
3) 주유(周瑜)는 황개(黄盖)의 계략을 채용하여 가벼운 배 수십 척에 기름 부은 장작을 가득 싣고 장막으로 덮은 다음 거짓 투항으로 적진에 접근하여 불을 지름. 마침, 동풍이 불어 서북 방향의 조조군 진영이 모두 불타고 조조는 대패함.
4) 서서(徐庶)가 유비에게 제갈공명을 추천하면서 와룡이라고 부르기도 한다고 하였음. 이때 제갈공명은 난양(南阳)에서 농사를 지으며 살고 있었음.

5) 제갈량이 융안현(永安县, 지금의 쓰촨 펑제현四川奉节县 동남쪽)에 돌을 모아 하늘, 땅, 바람, 구름, 용, 호랑이, 새, 뱀의 팔진을 구축함. 오나라의 육손(陆逊)이 장링(江陵, 지금의 샹베이 이창湘北宜昌 동쪽)에서 촉나라 군을 대패시키고 추격해 왔다가 팔진도를 보고 제갈량의 천재성에 감탄하면서 물러갔다고 함.

6) 위(魏), 촉(蜀), 오(吴) 삼국의 대치 상황이 솥의 세 다리와 같다고 하여 삼국정립(三国鼎立)이라고 표현함.

왕원정(王元鼎, 생몰연대 불상)

조림학사(朝林学士)를 지냈으며 곽(郭) 씨 성의 기녀 순시수(顺时秀)와 친밀한 관계였고 양현지(杨显之)와 교류하며 사숙(师叔)의 관계를 맺음. 아로위(阿鲁威)가 순시수에게 "나와 원정을 비교하면 어떤가?"라고 짓궂은 질문을 하자 그녀는 "참정(参政, 아로위)은 재상이고 학사(学士, 왕원정)는 재주꾼입니다. 군사를 다스리고 백성을 치리하는 데는 학사가 참정에 이르지 못하며 시를 짓고 노는 데는 참정이 학사에 이르지 못합니다."라고 대답함. 투수 2수와 소령 7수가 전함.

双调 · 凭栏人, 闺怨 其一

垂柳依依惹暮烟, 素魄娟娟当绣轩。妾身独自眠, 月圆人未圆。

쌍조·빙란인(双调·凭栏人), 아녀자의 한 제1수

늘어진 버들가지 한들거리며 저녁 안개를 부르고
휘영청 고운 달빛 처마에 수를 놓는다
홀로 잠들어야 하는 소첩의 마음
달은 둥근데 사람은 둥글지 못하네

双调 · 凭栏人,闺怨 其二

啼得花残声更悲, 叫得春归郎未知。杜鹃奴倩伊, 问郎何日归。

쌍조·빙란인(双调·凭栏人), 아녀자의 한 제2수

울부짖음에 꽃 떨어지는 소리 더욱 애달픈데[1]
봄 돌아오라고 소리쳐도 님은 알지 못하네[2]
두견아 너에게 부탁할게
내 님에게 어느 날에 돌아올지 물어봐다오

1) 두견이 울면 화초가 진다고 함.
2) 두견새 우는소리가 뿌루꾸이취(不如归去, 돌아가는 것이 낫다)로 들린다고 함.

▶빙란인(凭栏人)은 난간에 기대어 멀리 바라보는 정경을 묘사한 것으로 문학 작품에서는 멀리 떠난 님에 대한 그리움이나 세월의 흐름에 대한 감상 등 특정 정취를 표현하는 용어가 됨.

설앙부(薛昂夫, ?~1345年)

원래 이름은 설초오(薛超吾)이었으며 후이후(回鶻, 지금의 신장新疆) 출신의 위구르인. 중국식 성이 마(马)여서 마앙부라고도 부르며 자는 구고(九皋)임. 궁산취루 다루가치(宫三衢路达鲁花赤)를 지냈으며 만년에 항현(杭县, 지금의 항저우 동쪽)에 은둔함. 전서(篆书)에 뛰어났고 사도찰(萨都剌)과 주고받은 시가 유명.

正宫·塞鸿秋

功名万里忙如燕, 斯文一脉微如线, 光阴寸隙流如电, 风雪两鬓白如练。尽道便休官, 林下何曾见。至今寂寞彭泽县。

정궁·새홍추(正宫·塞鸿秋)

공명 얻으려 제비처럼 만리를 분주히 다니느라
오랜 예의범절 한 가닥 실처럼 미약하고
세월은 쏜살같아 번개처럼 지나가서
바람 눈 겪은 양 귀밑머리 명주처럼 희어졌네
모두 관직을 내려놓으라고 말은 하는데
산림에서 본 적이나 있었느냐

지금껏 펑쩌현(彭泽县)[1]은 조용하기만 한 것을

1) 도연명은 펑쩌령(彭泽令)이 되었을 때 다섯 말 쌀 때문에 허리를 굽힐 수 없다며 관직을 버리고 고향으로 돌아감.

▶벼슬을 좇아 실제로는 비루한 삶을 살면서도 입으로는 산림에 은둔하여 사는 삶을 말하는 벼슬아치들의 위선을 풍자.

* * *

双调 · 蟾宫曲, 雪

天仙碧玉琼瑶, 点点扬花, 片片鹅毛。访戴归来, 寻梅懒去, 独钓无聊。一个饮羊羔红炉暖阁, 一个冻骑驴野店溪桥, 你自评跋, 那个清高, 那个粗豪。

쌍조·섬궁곡(双调·蟾宫曲), 눈

하늘의 선녀가 고운 빛 아름다운 옥을 뿌리네
점점이 흩날리는 버들개지요
조각조각 거위 깃털이로다
대(戴)를 찾았다가 돌아가고[1]
매화를 찾아 서성이며[2]

홀로 무료하게 낚싯대를 드리우네[3]

어떤 이는 붉은 난로 따뜻한 누각에서 양가오(羊羔)[4]를 즐기고

어떤 이는 나귀 타고 덜덜 떨면서 들판 주점과 계곡 다리를 지나가네

자네가 한번 평가해 보게

어느 것이 고상하고

어느 것이 호탕한 것인지

1) 왕휘지(王徽之)는 산인(山阴, 지금의 저장 사오싱绍兴)에 거주하였는데 어느 날 불현듯 옌중(剡中, 지금의 저장 옌현嵊县)에 있는 친구 대안도(戴安道)를 보고 싶어 눈 그친 달 밝은 밤 조각배를 타고 문 앞까지 찾아갔다 들어가지 않고 다시 돌아옴. 사람들이 그 이유를 묻자 "기분이 내켜 왔지만, 기분이 다하였으니 굳이 볼 필요가 어디 있나? (乘兴而来, 兴尽而返, 何必见戴。)"라고 대답하였다는 고사의 인용.
2) 맹호연(孟浩然)은 산림에 숨어 살며 눈이 내리면 나귀를 타고 매화를 찾아다니곤 했는데 "나는 눈 내리는 바차오 다리에서 나귀를 타고 있을 때 시적 감흥이 생긴다. (吾诗思在灞桥风雪中驴背上。)"라고 말함.
3) 유종원(柳宗元)의 시 '눈 내리는 강(江雪)' 중 "외로운 돛단배 도롱이 삿갓 걸친 늙은이, 홀로 눈 내리는 차가운 강에서 낚싯대 드리운다(孤舟蓑笠翁·独钓寒江雪)"라는 구절의 인용.
4) 양가오는 한(汉), 위(魏) 때부터 존재했던 명주(名酒). 당송 때 많은 인기를 끌었으며 원나라 때는 해외로 수출되기도 함. 색이 하얗고 투명하며 마시면 입안이 감미로워진다고 해서 붙은 이름.

* * *

中呂·山坡羊

　大江東去, 長安西去, 爲功名走遍天涯路。厭舟車,
喜琴書, 早星星鬢影瓜田暮。心待足時名便足。高, 高
處苦; 低, 低處苦。

중려·산파양(中呂·山坡羊)

큰 강을 따라 동으로 흐르고
서쪽 장안으로 수레를 몰며
공명 위해 세상 끝까지 다녔었네
배 수레 타고 오가는 것 지겹고
거문고 뜯고 책 읽는 것 즐거우나[1]
벌써 귀밑머리 별 총총하고 참외밭 매는 저녁이라[2]
마음에 만족하면 공명도 충분하리
높으면
높은 데로 괴롭고
낮으면
낮은 데로 괴로우니

---

[1] 진(晉)나라 도연명의 귀거래사(歸去來兮辭) 중 "거문고와 책의 즐
　거움으로 근심을 푼다. (樂琴書以消憂。)"를 인용.

2) 소평(召平)은 원래 진(秦)의 동릉후(东陵侯)였으나 진이 망한 후 백성의 옷을 입고 장안성 동쪽에서 참외를 길렀는데 맛이 좋아서 동릉과(东陵瓜)라고 불림.

▶설앙부는 색목인(色目人)으로 많은 특권을 누리며 평생 벼슬을 함. 이 시는 자신의 지나온 길을 돌이켜 보며 재평가하는 내용.

* * *

双调 · 湘妃怨, 集句

几年无事傍江湖, 醉倒黃公旧酒垆。人间纵有伤心处, 也不到刘伶坟上土, 醉乡中不辨贤愚。对风流人物, 看江山画图, 便醉倒何如。

쌍조·상비원(双调·湘妃怨), 집구(集句)[1]

몇 년간 일없이 강호를 떠돌다
취하여 황공(黃公)의 옛 술집을 찾았었네[2]
인간 세상 마음 아픈 일 늘 있어도
유령(刘伶)의 무덤 위 흙에 따르지 말지니[3]
취해서는 현명함과 어리석음 분간치 못함이라
걸출했던 영웅들 대하고

그림 같은 강산을 보면서
그냥 곯아떨어지도록 취함이 어떠한가

1) 옛사람이 지은 글귀를 모아 한 구(句)의 새 시를 만듦.
2) 황공은 위진(魏晉) 시대 때 술을 팔던 사람. 서진(西晉) 때 죽림칠현의 한 사람이었던 상서령(尚书令) 왕융(王戎)이 화려한 옷을 입고 수레를 탄 채 황공의 술집을 지나게 됨. 이 술집은 그가 혜강(嵇康), 완적(阮籍)과 항상 술을 즐기던 곳이었음. 왕융은 서글픈 마음을 이기지 못하고 주위 사람들에게 "혜강은 요절하였고 완적도 죽고 없는데 나는 속세의 일에 몸이 매여 있으니 다시는 같이 마실 수가 없다."라고 한탄함.
3) 위진(魏晉) 때의 명사로 완적, 혜강, 산도(山涛), 향수(向秀), 왕융, 완함(阮咸)과 더불어 죽림칠현으로 불림. 술을 좋아하고 자유분방하게 살아 취후(醉侯)라고 불림. 유령은 "술 품평에서 제일(品酒第一人)"이라고 알려져 술장사들이 그의 무덤에서 황토를 가져와 술독을 만들어 술을 빚곤 하였음.

▶상비원(湘妃怨)은 당의 교방곡(教坊曲)에서 유래된 곡조로, 수선자(水仙子), 풍이곡(冯夷曲), 능파곡(凌波曲), 능파선(凌波仙)이라고도 함. 쌍조(双调)에 속하나 중려궁(中吕宫), 남려궁(南吕宫)에서도 쓰이며 당의 교방곡에서 유래됨.

관운석(贯云石, 1286~1324年)

위구르족 귀족 가문 출신으로 원래 이름은 소운석해애(小云石海涯)였으며 스스로 호를 산재(酸斋)라고 함. 인종(仁宗) 때 한림시독학사(翰林侍读学士), 중봉대부(中奉大夫) 등을 맡았으나 병을 핑계로 그만두고 항저우 일대에 은거하며 이복(易服)으로 개명하고 약을 팔아 생활하면서 노화도인(芦花道人)이라고 호를 붙임. 후세 사람들이 첨재(甜斋) 서재사(徐再思)의 작품과 같이 소령 86수와 투수 9수를 엮어 산첨악부(酸甜乐府)를 편찬.

双调 · 水仙子, 田家 其一

绿阴茅屋两三间, 院后溪流门外山。山桃野杏开无限, 怕春光虚过眼, 得浮生半日清闲。邀邻翁为伴, 使家僮过盏, 直吃的老瓦盆干。

쌍조·수선자(双调·水仙子), 시골집 제1수

푸른 나무 그늘을 드리우는 두세 칸 오두막집
정원 뒤로 계곡물 흐르고 문밖에는 산이 보인다
산에는 복숭아꽃 들에는 살구꽃 끝이 없는데
봄 경치 덧없이 지나갈까 두려워라

어수선한 인생살이 중 반나절 한가함을 얻어
옆집 노인네 불러서 벗하며
종아이에게 술을 따르게 하고선
낡은 질그릇을 단숨에 비웠네

双调·水仙子, 田家 其二

满林红叶乱翩翩, 醉尽秋霜锦树残, 苍苔静拂题诗看。酒微温石鼎寒, 瓦杯深洗尽愁烦, 衣宽解, 事不关, 直吃得老瓦盆干。

쌍조·수선자(双调·水仙子), 시골집 제2수

숲 가득히 나풀거리는 붉은 나뭇잎
지나치게 취한 걸까 가을 서리 맞아 비단 같은 나무에서 떨어지며
푸른 이끼 살짝 건드리는 모습 한편 시가 따로 없다
미지근한 돌난로 위 덜 데워진 술로
질그릇 가득히 채워 근심을 씻어버리고자
옷매무새 풀어 놓고
세상일 신경 끈 채
낡은 질그릇을 단숨에 비웠네

▶관운석이 시골집이라는 제목으로 쓴 쌍조·수선자 네 수 중 두 수.

* * *

正宮 · 塞鴻秋, 代人作

战西风几点宾鸿至, 感起我南朝千古伤心事。展花笺欲写几句知心事, 空教我停霜毫半晌无才思。往常得兴时, 一扫无瑕疵。今日个病厌厌, 刚写下两个相思字。

정궁·새홍추(正宮·塞鴻秋), 대신 쓴 글

서풍을 맞아 몇 마리 기러기 손님이 찾아오니
남조(南朝)[1] 이래 가슴 아픈 일 생각나네
예쁜 편지지 펼치고 몇 자 마음에 있는 말 적으려 하였으나
허무하여라 반나절 붓을 쥐고 있어도 글귀가 떠오르지 않네
왕년에 한창 감성이 넘칠 때엔
한 번에 휘갈겨 써도 하자가 없었거늘
요즘은 비실비실하여
상사(相思) 두 글자만 억지로 썼네

1) 중국 역사상 송(宋), 제(齐), 양(梁), 진(陈)의 4개 왕조. 모두 젠캉(建康, 지금의 난징南京)을 도읍으로 하였음.

▶시나 문장에서 대작(代作)이라고 하면 대개 윗사람이나 친구의 부탁을 받아 대신 쓰는 것이나 산곡에서는 문인들이 여인들을 대신하여 쓰는 것을 뜻함. 이 곡의 구체적인 창작 배경은 알려지지 않음.

* * *

中呂 · 紅绣鞋

挨着靠着云窗同坐, 偎着抱着月枕双歌, 听着数着愁着怕着早四更过。四更过情未足, 情未足夜如梭。天哪, 更闰一更儿妨甚么。

중려·홍수혜(中呂·紅绣鞋)

구름 창문(云窗)[1]에 가까이 바짝 다가앉아
다정히 기대었다 껴안았다 초승달 베개 베고 흥얼거리다
가만히 듣다 하나하나 세다 걱정하다 두려워하다 벌써 사경이 지나
날은 새려는데 정분 나눔은 부족하네
정분 나눔은 부족한데 밤은 베틀 북치럼 흘리기네
하늘이시여
경(更)을 하나만 더해 주면 어디 덧나나요

1) 아름다운 창문. 여인들의 거처를 상징.

***

双调·殿前欢 其一

畅幽哉,春风无处不楼台。一时怀抱俱无奈,总对天开。就渊明归去来,怕鹤怨山禽怪,问甚功名在。酸斋是我,我是酸斋。

쌍조·전전환(双调·殿前欢) 제1수

정말 상쾌하고 좋구나
누각 위에 봄바람 불지 않는 곳 없네
한때 품었던 포부 다 부질없고
결국 하늘에 하소연하게 되네
도연명 따라서 돌아가리
두려운 것은 학이 원망하고 산짐승이 괴이해하며
도대체 공명(功名)은 어디 있는지 물을까 함이라
산재(酸斋)는 나요
나는 산재로다

双调·殿前欢 其二

楚怀王,忠臣跳入汨罗江。《离骚》读罢空惆怅,日月同光。伤心来笑一场, 笑你个三闾强, 为甚不身心放。
沧浪污你, 你污沧浪。

쌍조·전전환(双调·殿前欢) 제2수

초 회왕(楚怀王)이여
충신으로 하여금 미뤄장(汨罗江)에 뛰어들게 하였구나
이소(离骚)[1]를 읽고 공연히 침울해지니
해와 달처럼 빛나는 사람이었네
상심한 끝에 한바탕 웃게 됨은
그대 삼려(三闾)[2]의 고집 때문이라
어찌하여 몸과 마음 내려놓지 못했나
푸른 물이 그대를 더럽힌 거냐
그대가 푸른 물을 더럽힌 거냐

---

1) 굴원의 대표작. 중국 문학사에서 첫 번째 장편 시
2) 굴원은 삼려대부(三闾大夫)를 역임함. 원나라 때의 문인들은 도연명을 흠모하고 굴원은 그다지 평가하지 않음. 이는 국정의 혼란과 문학적인 암흑기가 길어지면서 모두가 굴원처럼 투신할 수 없다는 자괴감 때문이었음. 관운석은 귀족 집안 출신으로 20세에 아버지의 작위를 승계하여 량화이 만호 다루가치(两淮万户达鲁花赤)에 임명됨. 그 이후 한림학사까지 이르나 곧 회의를 느끼고 병을 핑계로 사직함.

▶인종(仁宗) 때 관운석은 한림시독학사(翰林侍读学士), 중봉대부(中奉大夫) 및 지제고동수국사(知制诰同修国史)로 임명됨. 당시 원나라에는 과거제도가 복원되지 않은 상태여서 그는 일련의 과거제도를 회복하는 조치를 입안하였으나 인종의 관심을 끌지 못하고 오히려 권력층의 미움만 사게 됨. 관운석은 미련 없이 관직에서 사퇴하고 귀향한 후 이 곡으로 모두 여덟 수를 씀.

* * *

双调·清江引 其一

弃微名去来心快哉，一笑白云外。知音三五人，痛饮何妨碍。醉袍袖舞嫌天地窄。

쌍조·청강인(双调·清江引) 제1수

보잘것없는 명성 던지고 숨어 사니 마음이 시원해지고
한바탕 웃음소리 흰 구름 너머까지 울려 퍼지네
네댓 명 친구들 모여
거리끼는 것 하나 없이 마음껏 마시면서
취하여 도포 자락 펄럭이며 춤추니 천지 좁은 것 아쉽구나

双调·清江引 其二

竞功名有如车下坡, 惊险谁参破。昨日玉堂臣, 今日遭残祸。争如我避风波走在安乐窝。

쌍조·청강인(双调·清江引) 제2수

공명을 다툼은 내리막길로 수레를 달리는 것이라
누가 그 위태로움을 깨달았는가
어제 한림원(翰林院)의 대신이었던 이가
오늘 재앙을 당하게 되니[1]
내가 풍파를 피해 안락와(安乐窝)[2]에서 지냄만 못하네

1) 관운석의 할아버지 아리해애(阿里海涯)는 송나라를 평정하고 중국을 통일한 공신으로 1286년 고위직에 임명되었으나 얼마 지나지 않아 음해를 당해 자살함. 관운석과 같이 조정에 입각한 권신 철목질아(铁木迭儿)는 권한을 이용하여 적지 않은 무고한 관원들을 살해함.
2) 송나라 때 소옹(邵雍)은 허난 쑤먼산(苏门山)에 은거하며 그의 거처를 안락와(安乐窝)라고 칭함. 이후 안락와가 유유자적하는 은둔생활을 의미하게 됨.

双调·清江引 其十七 惜别

湘云楚雨归路杳, 总是伤怀抱。江声搅暮涛, 树影留残照, 兰舟把愁都载了。若还与他相见时, 道个真传示。不是不修书, 不是无才思, 绕清江买不得天样纸。

쌍조·청강인(双调·清江引) 제17수 석별

상(湘)의 구름과 초(楚)의 비[1], 돌아가는 길 까마득한데

내내 아픈 마음만 가득하였네

저녁 파도 강물 휘젓는 소리 생생하고

나무 그늘에 석양빛 머무를 때

돛단배는 서글픔 가득 싣고 가네

혹시 그 사람과 다시 만나게 될 때

꼭 내 소식 좀 전해 주렴

편지 쓰기 싫은 것도 아니고

글이 생각나지 않음도 아니라

푸른 강을 다 헤매도 하늘만큼 큰 종이를 찾지 못함이라

---

1) 우산(巫山)의 신녀가 초왕(楚王)과 밀회를 나눈 뒤 "아침에는 구름이 되고 저녁에는 비가 되겠다. (旦为朝云, 暮为行雨。)"라고 한 고사의 인용. 부부의 만남을 의미.

双调 · 清江引 其二十一 立春

限金木水火土五字冠于每句之首, 句各用春字。

金钗影摇春燕斜, 木杪生春叶。水塘春始波, 火候春初热。土牛儿载将春到也。

쌍조·청강인(双调·清江引) 제21수 입춘

금(金), 목(木), 수(水), 화(火), 토(土) 다섯 자를 매 수의 머리글자로 하고 각 구에 춘(春) 자를 넣었다[1]

금비녀 어른거리는 머리엔 춘연(春燕)[2] 비스듬하고
나뭇가지 끝에선 봄 잎이 돋는다
연못은 봄을 맞아 물결이 일고
기온이 오름은 봄이 시작됨이라
흙소(土牛)[3]가 나오니 정녕 봄이 왔구나

1) 관운석이 연회에 참석하였을 때 마침 입춘이었으므로 오행에 해당하는 금(金), 목(木), 수(水), 화(火), 토(土)를 머리글자로 하고 매 구 춘(春) 자를 넣음.
2) 입춘이 되면 부녀자들이 색종이로 제비 모양 장식을 만들어서 금비녀와 함께 머리에 꽂고 나들이를 하였음.
3) 입춘 전날에 흙으로 소를 빚어 만들고 지방관이 제사를 지내면서

봄갈이 시작할 때가 되었음을 고하였음.

▶ 관운석은 한림학사로 재직하고 있는 동안 조정에서 벌어지는 험악한 정치투쟁에 염증을 느낌. 1314년(인종 연우仁宗延祐 원년) 병을 핑계로 사직하고 항저우로 간 이후의 작품.

청강인은 강아수(江儿水) 혹은 굴강록(崛江绿)이라고도 하며 북곡에서는 쌍조, 남곡에서는 선려궁과 쌍조에서 사용됨. 단독으로 쓰이는 경우도 많으나 대옥환(对玉环), 초천요(楚天遥)와 합하여 대과곡으로 쓰이기도 함.

주문질(周文质, 1285~1344年)

자는 촉빈(促彬), 조상 대대로 젠더(建德, 지금의 저장)에 살다가 항저우로 이주. 종사성(钟嗣成)과 20여 년 교류. 녹귀부(录鬼簿)에 "호리호리한 몸매에 학문은 해박하고 성품은 섬세하며 문필은 신기하다. 그림을 잘 그리고 가무에 뛰어나며 곡조에 밝고 음률을 잘 다루는 데다 성격이 호쾌하고 손님 대접하는 것을 좋아하였다."라고 기록함. 소령 43수, 투수 5수가 전함.

正宮 · 叨叨令, 自叹

筑墙的曾入高宗梦, 钓鱼的也应飞熊梦。受贫的是个凄凉梦, 做官的是个荣华梦。笑煞人也末哥, 笑煞人也末哥, 梦中又说人间梦。

정궁·도도령(正宮·叨叨令), 스스로 탄식함

담을 쌓던 이가 이미 고종(高宗)의 꿈으로 들어갔고[1]
물고기 낚던 이는 곰이 나는 꿈을 이루었네[2]
가난한 사람은 처량한 꿈을 꾸고
벼슬한 사람은 영화로운 꿈을 꾸네
사람들 웃어주리라

마음껏 웃어주리라
꿈속에서 또 인간사 꿈이라고 말하네

1) 은나라 때 무정(武丁, 고종高宗)이 꿈에서 노예의 옷을 입고 고역에 시달리고 있는 부열(傅说)이라는 성현을 만남. 꿈에서 깬 뒤 문무백관을 시켜 수소문한 끝에 푸셴(傅险)에서 그를 찾음. 고종은 그를 재상으로 임명하고 같이 국정에 진력하여 '무정 중흥'의 태평성대를 이룸.
2) 주 문왕(周文王)은 곰이 나는 꿈을 꾼 뒤 태공망(太公望)을 만나 재상으로 삼고 은나라를 정벌하여 천하를 얻음.

▶ 원나라 때 중국인은 다른 민족보다 하위로 취급되어 중국 학자가 중직에 임용되는 것은 매우 어려웠음. 작자는 역사상 명군과 명재상을 회고하며 가혹한 현실에 대한 불만을 표출함.

도도령(叨叨令)은 북곡으로 정궁에 속하며 극곡, 산곡 소령 및 투수에 쓰이던 곡패.

* * *

正宮 · 叨叨令, 悲秋

叮叮当当铁马儿乞留玎琅闹, 啾啾唧唧促织儿依柔依然叫。滴滴点点细雨儿渐零渐零哨, 潇潇洒洒梧叶儿失流疏剌落。睡不着也末哥, 睡不自也末哥, 孤孤另另单枕上迷颩模登靠。

정궁·도도령(正宫·叨叨令), 서글픈 가을

뎅그렁뎅그렁 풍경소리 소란하고
찌르르 찌르르 귀뚜라미 쉴 새 없네
점점이 떨어지는 가랑비 부스럭거리는 소리
멋스러운 오동잎 바스락바스락 떨어지네
잠들지 못하네
잠들 수 없어
혈혈단신 홀로 베개를 베고 어수선한 마음 갈피 잡지 못하네

* * *

双调 · 落梅风 其一

楼台小, 风味佳, 动新愁雨初风乍。知不知对春思念他, 倚栏杆海棠花下。

쌍조·낙매풍(双调·落梅风) 제1수

누각은 작아도

정취는 최고인데
비 내리고 바람 불어 새롭게 근심을 일으키네
봄을 대하니 그 사람이 그리워져
난간에 기대어 해당화 아래 서 있는 것을 아느냐 모르느냐

双调 · 落梅风 其二

　新秋夜, 微醉时, 月明中倚阑独自。吟成几联断肠诗, 说不尽满怀心事。

쌍조·낙매풍(双调·落梅风) 제2수

새로운 가을밤
살짝 취했을 때
달은 밝은데 홀로 누각에 기대었네
몇 줄 애간장 끊는 시 읊어도
가슴 가득한 시름 다 말할 수 없네

双调 · 落梅风 其三

　鸾凤配, 莺燕约, 感萧娘肯怜才貌。除琴剑又别无珍共宝, 则一片至诚心要也不要。

쌍조·낙매풍(双调·落梅风) 제3수

난새와 봉황이 짝을 이루고
꾀꼬리와 제비가 언약하며
소낭(萧娘)[1]이 재주와 미모를 자랑하네
거문고와 칼[2] 이외 지녀야 할 보배가 또 무엇이냐
단지 한 조각 지극한 마음이면 충분하리

1) 남북조 시대 때 미녀나 가기의 일반적인 이름.
2) 고대 문인들의 행장 중 필수품.

* * *

越调 · 寨儿令 其一

弹玉指, 觑腰肢, 想前生欠他憔悴死。锦帐琴瑟, 罗帕胭脂, 只落得害相思。曾约在桃李开时, 到今日杨柳垂丝。假题情绝句诗, 虚写恨断肠词。嗏, 都扯做纸条儿。

월조·채아령(越调·寨儿令) 제1수

옥 같은 손가락 튕겨보고
가늘어진 허리 눈여겨보니
필시 전생에 그이를 서운케 해 금생에 여위어 죽나 보다

아름다운 휘장 안 금슬의 추억

비단 손수건과 연지[1]

단지 그리움으로 아프게 할 뿐이라

복숭아꽃 자두꽃 필 때 돌아온다고 약속했건만

오늘 수양버들이 늘어졌네

억지로 쓴 절구시(绝句诗)

빈 마음으로 쓴 단장사(断肠词)[2]

웃어 주리라

조각조각 찢어 주리라

---

1) 고대에 여자들이 먼 길을 떠나는 남자에게 지니고 있던 손수건이나 연지 상자를 절반으로 나누어 정표로 주었음.
2) 그리운 마음을 노래한 사를 단장사라 하였음.

越调 · 寨儿令 其二

踏草茵, 步苔痕, 忆宫妆懒观蝶翅粉。桃脸香新, 柳黛愁颦, 谁道不消魂。海棠台榭清晨, 梨花院落黄昏。卷帘邀皓月, 把酒问东君。春, 偏恼少年人。

월조·채아령(越调·寨儿令) 제2수

잔디를 밟고

이끼 흔적을 걸어가니

궁장(宮妆)¹⁾도 나비 날개 분장도 귀찮구나

고운 얼굴 상큼한 향기

근심으로 찌푸려진 버들잎 눈썹

누가 슬프지 않다고 하는 거냐

해당화 핀 정자에 동이 트더니

배꽃 핀 정원에 황혼이 지네

휘장을 걷고 밝은 달을 불러서

동군(东君)에게 술을 권하리라

봄이여

너는 소년을 더 번뇌하게 하는구나

1) 궁궐에서 유행하던 화장법

越调 · 寨儿令 其三

清景幽, 水痕收, 潇潇几株霜后柳。往日追游, 此际还羞, 新恨上眉头。丹枫不返金沟, 碧云深锁朱楼。风凉梧翠减, 露冷菊香浮。秋, 妆点许多愁。

월조·채아령(越调·寨儿令) 제3수

청아한 풍경 그윽하고

수면 점점 낮아지더니
서리 내린 뒤 몇 그루 쓸쓸한 버드나무
왕년엔 쫓아다니며 놀았었는데
이제 부끄러운 건
양미간에 앉은 새로운 원망이라
단풍은 개울로 돌아오지 않고
푸른 하늘 구름 깊숙이 붉은 누각이 숨어있네
싸늘한 바람에 오동 푸르름 스러지고
국화 향기 차가운 이슬 위에 떠 있구나
가을이여
허다한 근심을 숨겨줄 수 없겠니

▶채아령(寨儿令)은 유영곡(柳营曲)이라고도 하며 원나라 때 매우 성행하여 극곡(剧曲), 산곡의 투수(套数)와 소령(小令)에서 많이 사용됨.

교길(乔吉, 약 1280~1345年)

교길보(乔吉甫)라고도 하며 자는 몽부(梦符), 호는 생학옹(笙鹤翁)과 황황도인(惺惺道人). 타이위안(太原) 사람이며 항저우에서 객지 생활을 함. 소령 200여 수, 투수 11수가 전함.

正宫 · 绿幺遍, 自述

不占龙头选, 不入名贤传。时时酒圣, 处处诗禅。烟霞状元, 江湖醉仙。笑谈便是编修院。留连, 批风抹月四十年。

정궁·녹요편(正宫·绿幺遍), 자술

장원급제를 다투지 않고
명사 현인의 길도 구하지 않는다
때때마다 술의 성현이 되며
곳곳에서 시의 참 경지를 깨닫네
자연을 벗하여 노는데 장원이요
강호에서는 술의 신선이라
웃고 이야기함이 편수원(编修院)[1]일세
머물렀던 세월

음풍농월(吟风弄月) 사십 년이구나

1) 국사를 편찬하는 기관인 한림원(翰林院)을 지칭.

▶작자는 북방에서 태어나 강남을 유랑하며 평생 벼슬에 들지 않고 자연과 시, 술을 벗하여 가난하게 삶. 만년에 자신의 인생을 회고하며 쓴 작품.
녹요편(绿幺遍)은 유초청(柳梢青)이라고도 하며 교길이 만든 곡패.

* * *

中吕 · 满庭芳, 渔父词 其三

吴头楚尾, 江山入梦, 海鸟忘机。闲来得觉胡伦睡, 枕著蓑衣。钓台下风云庆会, 纶竿上日月交蚀。知滋味, 桃花浪里, 春水鳜鱼肥。

중려·만정방(中吕·满庭芳), 어부사 제3수

오(吳)의 머리 초(楚)의 꼬리¹⁾
꿈속 아름다운 강산으로 들어가
바닷새는 근심을 잊어버렸네
한가해지면 도롱이 입은 채 베개를 베고

잠들어 깨어나지 못하네
낚시터에서 풍운을 기다리며
낚싯대로 세월을 보내다
사는 재미를 알게 되었으니
복숭아꽃이 물결에 실려 가면
쏘가리는 봄을 맞아 통통해짐이라

1) 장시성(江西省) 북부, 춘추전국 시대 오나라와 초나라의 접경 지역

中呂 · 满庭芳, 渔父词 其十七

携鱼换酒, 鱼鲜可口, 酒热扶头。盘中不是鲸鲵肉, 鲟鲊初熟。太湖水光摇酒瓯, 洞庭山影落鱼舟。归来后, 一竿钓钩, 不挂古今愁。

중려·만정방(中呂·满庭芳), 어부사 제17수

물고기 가져가 술과 바꾸었는데
싱싱한 생선이 하도 맛있어
술기운이 올라 만취해 버렸네
접시에 있는 것 고래고기가 아니요[1]
상어를 막 익힌 것이라
타이후(太湖) 물빛 술 사발에서 흔들거리고

둥팅산(洞庭山)은 고깃배에 그림자 드리우네
돌아온 뒤
낚싯대 하나 드리움은
고금의 시름 낚기 위함이 아니네

1) 수고래를 경(鯨), 암고래를 예(鯢)라고 하였는데 반역의 상징. 작자는 세상에 대한 분노 때문이 아니라 속세를 초월한 경지를 깨달았기 때문에 은둔의 삶을 산다는 것을 비유.

▶교길이 쓴 스무 수의 어부사 중 두 수. 원나라 때 문인들이 기생 아래 거지 위라고 할 정도로 천대받던 시절 은둔하여 어부로 사는 삶을 이상화하는 동시에 현실에 대한 불만을 토로한 작품.

* * *

双调 · 水仙子, 为友人作

搅柔肠离恨病相兼, 重聚首佳期卦怎占。豫章城开了座相思店。闷勾肆儿逐日添, 愁行货顿塌在眉尖。税钱比茶船上欠, 斤两去等秤上掂, 吃紧的历册般拘钤。

쌍조·수선자(双调·水仙子), 친구[1]를 위해 쓰다

여린 마음 휘저어 병든 몸에 이별의 아픔을 더해 놓네
머리 맞댈 좋은 시절이 언제 올지 점이나 쳐 볼까
위장성(豫章城)[2]에 앉아 사랑 가게를 열었나
번민케 하는 공연장은 날로 늘어나고
근심거리 물건은 미간에 쌓여 가는구나
차 실은 배에서는 사랑 세금을 거두고
저울로 애수의 무게를 다니
애지중지 장부책처럼 옴짝달싹할 수 없네

1) 제목의 친구에 대해서는 알려진 바가 없음.
2) 장시 난창(江西南昌)에 있던 성으로 쌍점(双渐)과 소경(苏卿)의 고사를 인용. 쌍점은 기생 소경과 사랑하는 사이였으나 쌍점이 벼슬을 구하려 상경한 사이 기생 어미가 소경을 차 상인 풍괴(冯魁)에게 넘김. 이후 쌍점이 위장성에서 수소문하다 진산사(金山寺)의 벽에 소경이 남긴 시를 보고 린안(临安)으로 찾아가 소경과 재결합함.

双调 · 水仙子, 怨风情

　　眼前花怎得接连枝, 眉上锁新教配钥匙, 描笔儿勾销了伤春事。闷葫芦铰断线儿, 锦鸳鸯别对了个雄雌。野蜂儿难寻觅, 蝎虎儿干害死, 蚕蛹儿毕罢了相思。

쌍조·수선자(双调·水仙子), 사랑을 원망하다[1]

눈앞의 꽃은 어떻게 연리지(连理枝)에 붙었을까
새 열쇠 마련하면 미간의 자물쇠 풀 수 있을까
몇 글자 쓰면 마음에 품었던 상처 잊을까
왜 가위로 줄을 잘랐을까 도대체 오리무중이네
아름다운 원앙 한 쌍 어쩌다 암수가 헤어지게 되었을까
그 남자 야생벌 같아 종적을 찾을 수 없고
나는 도마뱀붙이 같아 말라 죽게 되었으니
이젠 누에 번데기 마냥 그리움을 끊으리라

1) 교길은 웨이양(维扬) 가후(贾侯)의 연회석에서 이초의(李楚仪)를 만나 사랑에 빠지게 되나 이초의는 돈에 굴복하여 가후를 따라 양저우로 가게 됨.

* * *

双调·折桂令, 七昔赠歌者 其一

崔徽休写丹青, 雨弱云娇, 水秀山明。箸点歌唇, 葱枝纤手, 好个卿卿。水洒不着春妆整整, 风吹的倒玉立亭亭, 浅醉微醒, 谁伴云屏。今夜新凉, 卧看双星。

쌍조·절계령(双调·折桂令), 칠석날 노래하는 이에게 바친다
제1수

최휘(崔徽)[1]의 그림에 색깔 더하지 말라
가랑비처럼 가냘프고 꽃구름처럼 어여쁘고
물처럼 빼어나고 산처럼 청명하다
젓가락 끝 모양 노래하는 입술
파 줄기처럼 가는 손
정말 사랑하고픈 여인이로다
고운 봄 단장에 물 튀기지 못하고
바람 불어도 오히려 우아하게 서 있는 모습
살짝 취하였다 정신이 들고 보니
운모 병풍 안, 같이 하는 이 누구 없네
오늘 밤 서늘한 기운이 찾아오니
누워서 한 쌍 별[2]이나 바라보리라

1) 당나라 때 아름다운 용모의 가기. 자신의 초상화를 그려 사랑하는
 이에게 주었음.
2) 견우성과 직녀성을 가리킴.

双调 · 折桂令, 七昔赠歌者 其二

黄四娘沽酒当垆, 一片青旗, 一曲骊珠。滴露和云, 添花补柳, 梳洗工夫。无半点闲愁去处, 问三生醉梦何如。笑倩谁扶, 又被春纤, 搅住吟须。

쌍조·절계령(双调·折桂令), 칠석날 노래하는 이에게 바친다
제2수

술 파는 가게의 황사랑(黄四娘)[1]
한 조각 푸른 기 휘날리고
한 곡 주옥같은 노래 들려온다
이슬방울 맺힌 구름머리에
꽃과 버들가지 더해 놓고
몸치장에 정성을 다하였네
근심하는 기색은 반점도 없이
취하여 꿈꾸듯 살아온 인생 어떠했는지 물어보네
"누구에게 웃으며 부축해달라 할 건가요"
가녀린 손가락으로
수염을 집은 채 노래 달라고 조르는구나[2]

1) 술 파는 여자의 통칭. 두보(杜甫)의 시 '강변에서 홀로 걸으며 꽃을 찾다(江畔独步寻花)' 중 "황사랑의 집 주변 오솔길에 꽃이 만발하네(黄四娘家花满蹊)"의 인용.
2) 당나라 시인 노연양(卢延让)의 '고음(苦吟)' 중 "시 한 글자 만들려고, 수염 몇 가닥 비틀어 뜯었네(吟安一个字,捻断数茎须)"를 인용하여 자신을 '시 읊는 수염(吟须)'에 비유.

▶송원(宋元) 때에는 많은 곡들이 특정 가기를 위해 만들어짐. 위 두 곡은 같은 칠석 연회에서 두 사람의 다른 가기에게 써 준 작품으로 보임.

* * *

双调·清江引, 笑靥儿 其一

凤酥不将腮斗儿匀, 巧倩含娇俊。红镌玉有痕, 暖嵌花生晕。旋窝儿粉香都是春。

쌍조·청강인(双调·清江引), 보조개 제1수

짙은 화장으로도 감출 수 없는 보조개
애교 띤 웃음 혼을 빼놓는구나[1]
옥 위에 붉은 흔적 새겨 놓은 걸까
오려 붙인 봄꽃에 눈이 어지럽네
보조개 피어나는 분 향기, 봄기운 가득하여라

1) 시경·위풍, 미인(诗经·卫风,硕人) 중 "애교 띤 웃음 사랑스럽고, 곁눈질하는 눈초리 어여쁘다(巧笑倩兮, 美目盼兮)"의 인용.

双调 · 清江引, 笑靥儿 其二

一团可人衡是娇, 妆点如花貌。抬叠起脸上愁, 出落腮边俏, 千金这窝儿里消费了。

쌍조·청강인(双调·清江引), 보조개 제2수

아름다운 얼굴 정말 사랑스럽다
화장한 모습 한 송이 꽃이로구나
근심스런 표정 살짝 다듬으니
어여쁜 뺨 더욱 두드러져
여기 보조개에 천금을 날렸네

▶중국시에서 보조개를 소재로 한 작품은 매우 드문데 교길은 모두 네 수를 씀.

* * *

双调 · 卖花声, 悟世

肝肠百炼炉间铁, 富贵三更枕上蝶, 功名两字酒中蛇。尖风薄雪, 残杯冷炙, 掩清灯竹篱茅舍。

쌍조·매화성(双调·卖花声), 인간 세상을 깨닫다

마음을 용광로 속 강철처럼 수없이 달구었네
부귀는 한밤중 베갯머리 나비요[1]
공명 두 글자는 술잔 속 뱀이더라[2]
살을 에는 바람과 칼날 같은 눈보라 속
마시다 남은 술과 식어 빠진 반찬에
쓸쓸한 등불을 가리는 대나무 울타리 초가집

1) 장자가 꿈에서 나비로 변하였는데 깨어보니 자신이 장자임을 깨달았다는 고사의 인용.
2) 낙광(乐广)의 친구가 낙광의 집에서 술을 마시다 술잔 속 뱀을 보고 병이 났는데 실제는 벽에 걸린 활의 그림자였다는 고사의 인용.

▶교길은 북방에서 태어나 항저우에서 40여 년 객지 생활을 하며 재능을 인정받지 못하고 곤궁한 삶을 살았음.
　매화성(卖花声)은 당나라의 교방곡에서 유래됨. 승평악(升平乐)이라고도 함.

* * *

中吕 · 山坡羊, 寄兴

鹏抟九万, 腰缠十万, 扬州鹤背骑来惯。事间关, 景阑珊,黄金不富英雄汉。一片世情天地间。白,也是眼;青,也是眼。

중려·산파양(中吕·山坡羊) 마음 내키는 대로 살다

대붕처럼 날갯짓하여 구만리를 날고
허리에는 십만 금을 찬 채
학을 타고 양저우(扬州)를 날며 지내고 싶은가
세상사 험난하고
아름다운 경치도 쇠락하니
영웅은 황금에 미련을 두지 않네
천지간 만연한 세상인심이란
하얀 것도
눈이요
푸른 것도
눈이라[1]

1) 삼국시대 위(魏)나라의 완적(阮籍)은 좋아하는 사람을 만나면 푸른 눈으로 쳐다보고 싫어하는 사람을 만나면 하얀 눈으로 보았다는 고사를 인용하여 세상인심이 상황에 따라 쉽게 변한다는 것을 비유함.

中呂・山坡羊, 冬日写怀

朝三暮四, 昨非今是, 痴儿不解荣枯事。攒家私, 宠花枝, 黄金壮起荒淫志。千百锭买张招状纸。身, 已至此, 心, 犹未死。

중려·산파양(中呂·山坡羊) 겨울에 심경을 쓰다

아침에 세 개 저녁에 네 개
어제는 아니다가 오늘은 맞는데
바보들은 흥하고 쇠하는 이치를 모르네
집안 살림살이를 긁어모으고
여색을 밝히며
돈만 생기면 음탕한 생각부터 하네
천금을 뿌려서 사는 것이라곤 법원 소환장이라
몸이
이미 이 지경이 되었거늘
마음은
아직 죽지 않았나 보네

▶교길이 쓴 중려 산파양 일곱 수 중 제1수와 제3수.

* * *

越调 · 天净沙, 即事

莺莺燕燕春春, 花花柳柳真真。事事风风韵韵。娇娇嫩嫩, 停停当当人人。

월조·천정사(越调·天净沙), 즉흥시

꾀꼬리 노래하고 제비 춤추는 화사한 봄날
꽃 같은 얼굴 버들잎 눈썹의 아름다운 진진(真真)[1]
구석구석 매력이 넘치네
애교 만점 귀여운 모습
흠잡을 데 없이 사랑스러운 여인이여

1) 당(唐)나라 때 진사 조안(赵颜)은 미인도 한 폭을 구했는데 화가가 그림 속 미인은 진진(真真)이라는 신녀인데 밤낮으로 이름을 계속 부르면 백 일째 되는 날에 부름에 응답하여 나올 것이라고 하였고 그대로 됨. 이후 진진이 미녀를 의미하는 말이 됨.

조선경(赵善庆, ?~1345年)

조맹경(赵孟庆)이라고도 하며 자는 문현(文贤), 문보(文宝). 라오저우 러핑(饶州乐平, 지금의 장시江西 소재) 출신. 점을 잘 쳐 음양학정(阴阳学正)을 지냄. 29수의 산곡이 남아 있음.

中吕 · 山坡羊, 燕子

来时春社, 去时秋社, 年年来去搬寒热。语喃喃, 忙劫劫。春风堂上寻王谢, 巷陌乌衣夕照斜。兴, 多见些。亡, 都尽说。

중려·산파양(中吕·山坡羊) 제비

봄 토지신 제사 지낼 때 왔다가
가을 토지신 제사 지낼 때 떠나니
매년 왔다 갔다 하며 추위와 더위를 나르는 것이냐
지지배배 재잘대며
정신없이 분주하구나
봄바람 불어 옛 대청 위
왕사(王谢)[1]를 찾았는데
우이(乌衣)[2] 골목길에 저녁 햇살이 비치네

흥하는 것
여러 차례 보는 것이요
망하는 것
입이 닳도록 이야기하는 것이라

1) 동진(东晋)의 귀족인 왕도(王导)와 사안(谢安)을 지칭.
2) 진링성(金陵城) 안 왕(王), 사(谢) 양 귀족 가문이 모여 살던 지역.

中吕 · 山坡羊, 长安怀古

骊山横岫, 渭河环秀, 山河百二还如旧。狐兔悲, 草木秋。秦宫隋苑徒遗臭, 唐阙汉陵何处有。山, 空自愁; 河, 空自流。

중려·산파양(中吕·山坡羊) 장안 회고

아찔하게 솟은 리산(骊山)의 봉우리
웨이수이(渭水) 따라 빼어난 풍경[1]
험준한 산하는 옛 그대로인데
여우 토끼 애처롭고
가을 초목 쓸쓸하구나
진(秦)의 궁전과 수(隋)의 정원 헛된 냄새만 남았는데
당(唐)의 망루와 한(汉)의 무덤 지금 어디 있는가

산은
괜히 서글프고
내는
괜히 흐르고 있네

1) 리산(骊山)은 장안 부근의 린퉁현(临潼县) 동남쪽에 있으며 웨이수이(渭水)는 장안을 감싸고 흐름.

▶작자가 장안에 있을 때 산하는 변함이 없는데 역대 왕조의 유적은 모두 황폐해진 것을 보면서 옛적을 회고하는 탄식곡을 쓰게 됨.

* * *

双调·庆东原, 泊罗阳驿

砧声住, 蛩韵切, 静寥寥门掩清秋夜。秋心凤阙, 秋愁雁堞, 秋梦蝴蝶。十载故乡心, 一夜邮亭月。

쌍조·경동원(双调·庆东原), 뤄양 역(罗阳驿)에서

다듬이질 소리 멈추었고
귀뚜라미 울음 애절하여
늦가을 밤 소리 죽여 방문을 닫았네

조정을 향한 가을 마음(秋心)[1]
가을 근심은 낮은 안첩(雁堞)[2]을 넘지만
가을밤 나비의 꿈이런가
십 년 세월 고향 향한 그리움
오늘 밤 역참 위 달에 부쳤네

1) 가을(秋)과 마음(心)이 합하여 근심 수(愁)가 됨.
2) 기러기 떼가 열을 지어 날아가는 모양의 성벽.

▶원나라 때 문인들은 벼슬을 하기 어려워 생계를 위해 외지에 나가 하급 관리가 되거나 식객이 되어 오랜 기간 집으로 돌아올 수 없었음. 10여 년 객지 생활을 거치면서 작가는 고향 산수와 친지들에 대한 그리움, 꿈 많던 젊은 시절에 대한 동경이 간절해져 묵고 있던 뤄양 역이라는 작은 역참에서 이 곡을 쓰게 됨. 뤄양 역의 위치는 고증되지 않음.

경동원(庆东原)은 경동원(庆东园) 또는 운성춘(郓城春)이라고도 불리며 호방한 감정을 나타낼 때 많이 사용되었음.

***

越调 · 凭阑人, 春日怀古

铜雀台空锁暮云, 金谷园荒成路尘。转头千载春, 断肠几辈人。

월조·빙란인(越调·凭阑人), 봄날의 회고

텅 빈 동작대(铜雀台) 황혼 녘 구름이 뒤덮고
금곡원(金谷园) 황량해져 길가 흙먼지로 변하였네
고개 돌려보니 어느새 천 번째 봄
대대손손 애간장 끊어 놓는구나

▶동작대는 삼국시대 조조가 자신의 업적을 기념하기 위해 세운 누각이며 금곡원은 서진(西晋)의 석숭(石崇)이 만든 화려한 별장. 둘 다 역사적 위인의 고사와 관계가 있어 많은 시인의 작품 소재가 됨.

빙란인(凭阑人)은 장가구(张可久)가 정체를 확립하였으며 '난간에 기대어 있는 이를 노래한다'라는 의미임. 당나라 최도(崔涂)의 시 '상사일 융충리에서의 회고(上巳日永崇里言怀)' 중 "나그네 사립문을 지나 보이지 않길래, 홀로 해질 때까지 난간에 기대어 있었네(游人过尽衡门掩, 独自凭栏到日斜。)"에서 제목을 차용.

마겸재(马谦斋, 1317年 전후)

인종 연우(仁宗延佑) 연간의 사람이라는 것 이외는 알려진 것이 없음. 장가구(张可久)와 동시대 인물로 서로 교류하며 지냄. 다두(大都)에서 관직을 지내다 항저우로 은거하였다고 하며, 소령 17수가 전함.

中吕·快活三过朝天子四边静, 冬

【快活三】李陵台, 草尽枯。燕然山, 雪平铺。朔风吹冷到天衢, 怒吼千林木。【朝天子】玉壶, 画图, 费尽江山句。苍髯脱玉翠光浮, 掩映楼台暮。画阁风流, 朱门豪富, 酒新香, 开瓮初。毡帘款籁, 橙香缓举, 半醉偎红玉。【四边静】相对红炉, 笑遣金钗剪画烛。梅开寒玉, 清香时度。何须蹇驴, 不必前村去。

중려·쾌활삼 다음 조천자와 사변정(中吕·快活三过朝天子四边静) 겨울

【쾌활삼(快活三)】
이릉(李陵)[1]의 무덤에
풀은 모두 마르고
옌란산(燕然山)[2]은

눈에 덮여 평탄해졌네

삭풍이 불어 서울 큰 거리에 추위가 몰려오고

울부짖는 소리는 넓은 숲 나무들을 흔드네

【조천자(朝天子)】

옥주전자와

아름다운 그림

강산 노래도 다하였네

구레나룻 쇠잔하니 푸른빛 간데없고

망루엔 저녁 어둠이 내려앉았네

화려한 누각의 풍류

붉은 대문 으리으리한 집

항아리를 막 열어

술 냄새도 새로웠지

모전(毛氈) 휘장 안 피리 소리

은은한 귤 향기에

반쯤 취해 홍옥이 되었었네

【사변정(四边静)】

붉은 난로를 마주하고

웃음 흘리는 시첩이 화촉 심지를 잘랐었네

매화 열리고 흰 눈 내리는 밤

맑은 향기 퍼지는 때

절름거리는 나귀를 타고

앞 동네 떠날 필요 뭐 있는가

1) 한(汉) 나라의 명장 이광(李广)의 손자. 5천 보병을 이끌고 흉노로

진격하였으나 양식과 무기는 바닥나고 구원병은 도착하지 않아 흉노에게 항복함. 한 무제가 그의 일족을 멸함.
2) 지금의 몽골 항아이산(杭爱山)으로 한나라 때 중국과 흉노의 오랜 분쟁 지역.

▶쾌활삼(快活三), 조천자(朝天子), 사변정(四边静) 세 개의 곡을 합하여 만든 대과곡(带过曲). 쾌활삼은 몸이 뚱뚱한 사람을 뜻하는 옛말.

* * *

越调 · 柳营曲, 叹世

手自搓, 剑频磨。古来丈夫天下多。青镜摩挲, 白首蹉跎, 失志困衡窝。有声名谁识廉颇。广才学不用萧何。忙忙的逃海滨, 急急的隐山阿。今日个, 平地起风波。

월조·유영곡(越调·柳营曲), 세상을 탄식하다

양손을 문지르면서 다짐하며
수시로 칼을 갈았었네[1]
예부터 천하에 대장부야 많았었지
푸른 거울 어루만지며 보니

하얀 머리 되도록 헛되이 보낸 세월
뜻을 이루지 못하고 남루한 오두막에 갇혔었네
명성 자자한 염포(廉颇) 누가 알아보기나 했나[2]
소하(萧何)[3]같은 박학다식에도 중용되지 못하네
바닷가로 다급하게 도망하며[4]
서둘러서 산속으로 숨어야 하리[5]
요즘은
평지에서 풍파가 일어남이라

1) 가도(贾岛)가 쓴 시 검객(剑客) 중 "십 년 세월 칼 하나를 갈았으나, 서릿발 같은 날 아직 써보지 못하였네. 오늘 자네에게 보여 주노니, 누가 불공평한 세상사 바로잡을 수 있나(十年磨一剑, 霜刃未曾试。今日把示君, 谁有不平事。)"의 인용.
2) 염포는 전국시대 조(赵)나라의 명장이었으나 나이 들어 참소를 받고 위(魏)나라로 피신한 후 다시는 쓰임 받지 못함.
3) 한 고조(汉高祖)의 개국공신. 그는 "글에 흠잡을 곳이 없다. (以文无害)"라는 명성을 얻었으며 탁월한 행정 능력을 발휘하여 유방이 초(楚)나라와 전쟁하는 동안 물자 공급에 차질을 빚은 적이 없게 하였음.
4) 월(越)나라 범려(范蠡)는 구천을 도와 오를 멸망시킨 뒤 우후(五湖)로 피신함.
5) 한(汉)나라의 개국공신 장량(张良)은 유방을 도와 항우를 이긴 뒤 관직에서 물러나 은둔한 채 황로(黄老)의 도를 추구함.

* * *

双调·水仙子, 咏竹

贞姿不受雪霜侵, 直节亭亭易见心。渭川风雨清吟枕, 花开时有凤寻。文湖州是个知音。春日临风醉, 秋霄对月吟。舞闲阶碎影筛金。

쌍조·수선자(双调·水仙子), 대나무를 노래함

정숙한 자태 눈과 서리에 변하지 않고
솟아오른 곧은 마디 품은 마음 보여주네
비바람 부는 웨이촨(渭川)[1]을 노래하는 밤
꽃이 필 때면 봉황이 찾아온다네[2]
문호주(文湖州)야말로 진정한 친구로다[3]
봄날 봄바람 맞으며 취하였다가
가을 하늘 달을 대하여 시를 읊고
한적한 계단 위엔 부서진 빛 조각들이 춤을 춘다

---

1) 웨이허(渭河), 산시(陕西) 중부를 가로지르는 황허의 지류이며 대나무 산지로 유명하였음.
2) 봉황은 대나무를 좋아한다는 전설이 있음.
3) 송(宋)나라의 화가 문동(文同). 대나무 그림을 잘 그려 명성을 얻음. 후저우 지주(湖州知州)를 지내서 문호주라고 부름.

* * *

双调·沉醉东风, 自悟

取富贵青蝇竞血, 进功名白蚁争穴。虎狼丛甚日休。是非海何时彻。人我场慢争优劣, 免使傍人做话说。咫尺韶华去也。

쌍조·침취동풍(双调·沉醉东风), 스스로 깨닫다

부귀를 취함은 파리가 피를 다투는 것이요
공명을 좇음은 흰개미가 굴을 위해 싸우는 것이라
호랑이 늑대 떼 소굴에서 언제나 벗어나며
시비(是非)의 바다는 언제쯤 끝날 것인가
속고 속이는 세상 우열을 따져 무엇하며
주위 사람들 이러쿵저러쿵 괘념할 일 어디 있나
꽃다운 시절 덧없이 지나가 버리리니

▶마겸재가 만년에 관직을 그만두고 귀향하기 전에 쓴 것으로 추정.

장가구(张可久, 약 1270~1350年)

자는 백원(伯远), 호는 소산(小山)이며 칭위안(庆元, 지금의 저장 닝보 인저우浙江宁波鄞州) 출신. 교길(乔吉)과 함께 쌍벽(双壁)이라고 불리며 장양호(张养浩)와 더불어 이장(二张)이라고 함. 현존하는 소령(小令)만 800여 수로 가장 많은 원곡을 지었음. 관직 생활에서 실의하고 시와 술로 세월을 보냄. 전국의 산천을 유람하며 작품을 남김.

双调·折桂令, 湖上即事叠韵

锦江头一掬清愁, 回首盟鸥, 杨柳汀洲。俊友吴钩, 晴秋楚岫, 退叟齐丘。赋远游黄州竹楼, 泛中流翠袖兰舟。檀口歌讴, 玉手藏阄, 诗酒觥筹, 邂逅绸缎, 醉后相留。

쌍조·절계령(双调·折桂令), 호수 위에서 즉흥적으로 지은 첩운(叠韵)[1)]

진장(锦江)[2)] 머리에서 서글픈 마음이 솟구쳐
버드나무 우거진 모래톱으로
눈길을 돌려 갈매기에게 맹세하였네
멋있는 내 친구 한 자루 칼을 차고
맑은 가을날 초(楚)의 산에 들어가더니

늘그막에 제(齐)의 구릉으로 물러났네

멀리 황저우(黄州)로 놀러 가 대나무 누각에서 시를 짓는데

물 가운데 목란 배(兰舟)[3]를 띄운 푸른 옷소매 여인

붉은 입술로 노래하며

백옥 같은 손을 살그머니 꺼내어

시 한 수 술 한 잔마다 산가지로 술을 세는구나

우연한 만남 마음이 이끌리어

취한 뒤 서로 자리를 뜨지 못하네

1) 첩운은 한 구절 안에 같은 운모를 갖는 글자를 중복하여 쓴 시. 첫 구의 头(터우)와 愁(처우), 다음 구의 首(서우)와 鸥(어우)가 해당함.
2) 민장(岷江)의 지류로 쓰촨 청두 평원에 있음. 여기서 옷감을 빨아 강물이 옷감 색으로 어둡게 되었다고 하여 붙은 이름.
3) 목란(木兰)으로 만든 배. 문학 작품에서 배를 미화하여 부르는 이름으로 사용됨.

* * *

中吕 · 朝天子, 山中杂书

醉馀, 草书, 李愿盘谷序。青山一片范宽图, 怪我来何暮。鹤骨清癯, 蜗壳蘧庐, 得安闲心自足。蹇驴, 酒壶, 风雪梅花路。

중려·조천자(中呂·朝天子) 산중 잡서

술 취한 참에
'이원이 판구로 돌아가는 것을 전송하다(送李愿归盘谷序)[1]'를
초서체로 써 보았다
청산을 보아하니 한 폭 범관(范宽)[2]의 그림인데
나는 하필 늦은 저녁에야 오게 되었는가
몸은 학 뼈다귀같이 마르고
머무는 곳은 달팽이 집 같으나
안빈낙도 경지를 깨달은 마음 스스로 만족하네
절름발이 당나귀에
술 주전자 하나 싣고
눈보라 헤치며 매화 핀 길을 간다

1) 당나라 시인 한유(韩愈)가 친구 이원(李愿)에게 증정한 글. 한유는 장기간 조정에서 중용되지 못하고 있었는데 이원이 판구(盘谷, 지금의 허난 지위안济源)로 귀향할 때 이 글을 써 줌. 현실에 대한 비판적인 시각과 친구의 은둔사상을 부러워하는 감정을 담고 있음.
2) 북송의 화가. 동원(董源), 이성(李成)과 더불어 북송 삼대가(北宋三大家)로 불림.

中呂 · 朝天子, 春思

见他, 问咱, 怎忘了当初话。东风残梦小窗纱, 月冷秋千架。自把琵琶, 灯前弹罢。春深不到家, 五花、骏马, 何处垂杨下。

중려·조천자(中呂·朝天子) 춘사(春思)

그를 보게 되면
물어보리라
어떻게 전에 한 말을 잊을 수 있냐고
동풍에 잠자리 어수선하여 작은 그물 창문에서 보니
차가운 달빛 아래 그네가 걸려 있네
나도 모르게 비파를 잡고
등불 앞에서 튕기다 말았네
봄은 깊었건만 집으로 오지 않으니
오화마(五花马)[1]
준마는
어느 곳 늘어진 수양버들 아래 묶어 두었나

---

1) 갈기를 다듬어 다섯 갈래로 땋아 장식한 말. 특히 당(唐)나라 때 인기를 끌었음.

* * *

双调·庆东原, 次马致远先辈韵 其二

门长闭, 客任敲, 山童不唤陈抟觉。袖中《六韬》, 鬓边二毛, 家里箪瓢。他得志笑闲人, 他失脚闲人笑。

쌍조·경동원(双调·庆东原), 마치원(马致远) 선배의 운을 빌리다 제2수

한동안 닫혀 있던 문을
손님이야 두드리든 말든
산속 아이는 진단(陈抟)¹⁾을 불러 깨울 생각도 않네
소매에는 육도(六韬)²⁾를 지녔고
양 살짝 희끗희끗한 노인
집에 있는 것이라곤 그릇과 표주박 몇 개
성공한 이는 한량을 비웃으나
한량은 실패한 이를 비웃으리

1) 오대 말 북송 초의 도사. 마치원이 그에 대해 '진단이 높은 곳에 누워(陈抟高卧)'라는 잡극을 지었음.
2) 여상(吕尚, 강태공)이 지었다고 전해지는 병법서.

双调·庆东原, 次马致远先辈韵 其五

诗情放, 剑气豪。英雄不把穷通较。江中斩蛟, 云间射雕, 席上挥毫。他得志笑闲人, 他失脚闲人笑。

쌍조·경동원(双调·庆东原), 마치원(马致远) 선배의 운을 빌리다 제5수

시정(诗情)은 분방하고
칼의 기세는 호방하였네
영웅은 잘되고 못 되는 계산을 하지 않는 법
물에 뛰어들어 교룡을 죽이고[1]
활로 구름 속 독수리를 떨어뜨리며[2]
술자리에서는 붓을 휘두르네
성공한 이는 한량을 비웃으나
한량은 실패한 이를 비웃으리

1) 진(晋)나라의 주처(周处)는 물에 뛰어들어 백성들을 괴롭히는 교룡을 죽임.
2) 북제(北齐)의 곡률광(斛律光)은 세종(世宗)을 따라 사냥을 가서 활을 쏘아 구름 속 독수리를 잡음.

双调·庆东原, 次马致远先辈韵 其六

难开眼, 懒折腰, 白云不应蒲轮召。解组汉朝, 寻诗灞桥, 策杖临皋。他得志笑闲人, 他失脚闲人笑。

쌍조·경동원(双调·庆东原), 마치원(马致远) 선배의 운을 빌리다 제6수

눈 뜨고 볼 수가 없고
허리 굽히는 것도 귀찮아서
부들잎 감싼 바퀴(蒲轮) 수레로 청하여도 백운(白云)은 응하지 않네[1]
한(汉) 왕조를 사직하고[2]
파교(灞桥)에서 시 문장을 찾으며[3]
언덕에 올라 지팡이를 기대고 싶어라[4]
성공한 이는 한량을 비웃으나
한량은 실패한 이를 비웃으리

1) 주 세종(周世宗)이 진단(陈抟)에게 백운선생이라는 호를 하사하고 수시로 초빙하여 모심. 바퀴를 부들잎으로 감싼 수레에 현자를 편안하게 모시며 초청함으로 통치자의 현자에 대한 존중과 우대를 나타냄.
2) 장량(张良)이 공을 세운 뒤 물러나 은둔한 고사의 인용.
3) 맹호연(孟浩然)이 눈보라 치는 파교에서 나귀를 타고 시상을 가다

들었다는 고사의 인용. 파교는 산시(陝西) 시안(西安) 동쪽 10km, 바수이(灞水)에 놓인 다리. 한나라 때 건설되었는데 당시는 지금보다 서북쪽으로 10여 리쯤 떨어져 있었음.
4) "지팡이를 짚고 마음 내키는 대로 쉬면서, 때때로 머리를 들어 멀리 보곤 하네(策扶老以流憩 , 时矫首而遐观)"와 "동쪽 산등성이에 오르면 길게 휘파람 불고, 맑은 물을 마주하면 시를 읊는다(登东皋以舒啸 , 临清流而赋诗。)"라는 도잠(陶潜)의 귀거래사(归去来兮辞) 중 구절을 인용.

▶마치원은 소령 '쌍조·경동원, 세상을 탄식하다(双调·庆东原,叹世)' 12수를 씀. 장가구는 마치원을 깊이 존경하여 그가 지은 소령의 운을 빌려 9수의 곡을 씀.

* * *

中吕 · 卖花声, 怀古 其一

阿房舞殿翻罗袖, 金谷名园起玉楼, 隋堤古柳缆龙舟。不堪回首, 东风还又, 野花开暮春时候。

중려·매화성(中吕·卖花声), 회고 제1수

아방궁(阿房宫) 춤추는 전각에 펄럭이던 비단 소매
금곡원(金谷园)에 솟아 있던 옥루

나이 든 버드나무 우거진 수제(隋堤)[1] 안, 줄을 이었던 용선
　옛일 돌이켜 보지 못함은
　동풍 여전하고
　들꽃 피어 있는 늦봄이기 때문이라

1) 수 양제(隋炀帝)가 운하를 개통하고 양옆 제방에 버드나무를 심고 수제(隋堤)라고 부름. 지금의 장쑤 북부에 있는 운하.

中吕 · 卖花声, 怀古 其二

美人自刎乌江岸, 战火曾烧赤壁山, 将军空老玉门关。伤心秦汉, 生民涂炭, 读书人一声长叹。

중려·매화성(中吕·卖花声), 회고 제2수

　미인이 우장(乌江) 언덕에서 자결하고
　싸움의 불길은 이미 적벽(赤壁)의 산을 태웠으며
　장군은 헛되이 옥문관(玉门关)에서 늙어갔네[1]
　역대 왕조의 흥망에 상심함은
　백성들이 도탄에 빠짐이니
　공부한 이는 소리 내어 길게 탄식할 따름이라

1) 동한의 반초(班超)는 평생 변방 요새의 수비 임무를 맡음. 늙어서 고향으로 가고 싶은 생각이 간절하여 황제에게 "신은 감히 주취안에 이르는 것은 바라지 않고, 그저 살아서 옥문관에 들어가기를 바랄 따름입니다. (臣不敢望到酒泉郡, 但愿生入玉門矣。)"라는 상소를 올림.

▶장가구는 평생 곡절 많은 삶을 살면서 당시 혼탁한 사회 풍조 가운데 큰일을 이루고자 하나 실현할 힘이 부족함을 절감하며 과거를 회상하는 산곡을 씀.

* * *

双调·水仙子, 红指甲

玉纤弹泪血痕封, 丹髓调酥鹤顶浓。金炉拨火香云动, 风流千万种, 捻胭脂娇晕重重。拂海棠梢头露, 按桃花扇底风, 托香腮数点残红。

쌍조·수선자(双调·水仙子), 붉은 손톱

옥 같은 손가락으로 피눈물 훔쳐 흔적을 숨기나
붉은 마음 묻은 자리 학 정수리처럼 새빨갛네
향로 불을 들쑤시면 향기로운 연기 일어나고

풍류는 헤아릴 수 없이 많으니
토닥거린 연지 얼마나 아름다운지 어찔어찔 까무러치려 하네
해당화 가지 끝 이슬을 털어내며
도화선(桃花扇)으로 잔잔한 바람 일으키는
여인의 살짝 받쳐 든 뺨에 남은 몇 점 붉은빛

***

黄钟 · 人月圆, 春日次韵

罗衣还怯东风瘦, 不似少年游。匆匆尘世, 看看镜里, 白了人头。片时春梦, 十年往事, 一点诗愁。海棠开后, 梨花暮雨, 燕子空楼。

황종·인월원(黄钟·人月圆), 봄날의 운을 빌려

비단옷 입고서도 동풍에 상할까 걱정이니
젊을 때 노는 것 같지 않음이라
총총 서둘러 가는 풍진세상
거울을 들여다보니
허옇게 변한 사람 머리 하나
일장춘몽이런가
십 년 세월 지난 옛일

한 점 시심만 남았구나
해당화 피고 나니
배꽃에 비 내리는 저녁
연자루(燕子楼)는 비어 있는 거냐[1]

1) 장쑤 쉬저우(江苏徐州)에 있는 누각. 백거이의 시 '연자루(燕子楼)' 서문에 "쉬저우의 상서(尚书) 장건봉(张建封)은 가무에 뛰어나고 자태가 고운 기생 반반(盼盼)을 사랑했다. 상서가 죽자, 반반은 펑청(彭城)의 옛집에 있는 연자(燕子)라는 누각에서 시집가지 않고 그를 그리워하며 수십 년을 지냈다."라고 기록한 것을 인용.

▶인월원(人月圆)은 북송 영종(英宗)의 부마였던 왕선(王诜)이 처음 사로 창작. 가사 중 "화려한 등불 휘황찬란 빛나고, 사람도 달도 둥글어지는 시절(华灯盛照, 人月圆时)"에서 제목을 차용. 인월원령(人月圆令), 청삼자(青衫子), 청삼습(青衫湿)이라고도 함.

***

中吕 · 朝天子, 和贯酸斋

小诗, 半纸, 几个相思字。两行清泪破胭脂, 镜里人独自。燕子莺儿, 蜂媒蝶使, 正春光明媚时。柳枝, 翠丝, 萦系煞心间事。

중려·조천자(中呂·朝天子), 관산재(貫酸齋)에 화답하여

한 조각 종이에
짧은 시로
몇 자 그리움을 적었네
두 줄기 맑은 눈물이 연지를 지우는데
거울 속엔 오직 나 홀로 있네
제비와 꾀꼬리 지저귀고
벌과 나비는 꽃을 중매하니
봄 경치 정말 아름다운 시절이라
버드나무 가지
에메랄드 녹색 실이
가슴속 시름을 칭칭 감는구나

中呂 · 朝天子, 席上有贈

教坊, 色长, 曾侍宴丹墀上。可怜新燕妒新妆, 高髻堆宫样, 芍药多情, 海棠无香, 花不如窈窕娘。锦囊, 乐章, 分付向樽前唱。

중려·조천자(中呂·朝天子), 연회 자리에서 바친 시

교방(教坊)의

색장(色长)[1]이

궁전 앞 붉은 섬돌에서 연회 시중을 드네

가련한 새 제비는 갓 화장한 여인을 질투하니

높이 틀어 올려 쌓은 궁중 양식의 쪽머리라

정이 많은 작약

향기 없는 해당화

꽃들이 아름다운 여인에 비할 바 아니구나

빼어난 시와

배경 음악으로

술잔 앞에 두고 노래할 것 당부하네

1) 교방은 당대(唐代) 이후 궁중에 설치하여 음악, 무용, 배우, 잡극 등을 관장하던 곳이며 색(色)으로 세분화하고 각 색을 색장이 관리하게 하였음.

▶ 장가구는 항저우에 있을 때 관운석(贯云石), 노지(卢挚) 등과 연회에서 시와 노래를 주고받았음. 산재(酸斋)는 관운석의 자.

* * *

中吕 · 满庭芳, 山中杂兴 其一

人生可怜, 流光一瞬, 华表千年。江山好处追游遍, 古意翛然。琵琶恨青衫乐天, 洞箫寒赤壁坡仙。村酒好溪鱼贱, 芙蓉岸边, 醉上钓鱼船。

중려·만정방(中吕·满庭芳), 산속 즉흥시 제1수

가련한 인생
흐르는 세월은 한순간인데
화표(华表)는 천년을 서 있네[1]
강산 좋은 곳을 찾아 떠도니
유유자적 옛 뜻을 알겠구나
비파는 푸른 옷 낙천(乐天)을 한탄하고[2]
차가운 통소 소리는 적벽(赤壁)에서 파선(坡仙)을 움직였네[3]
시골 술에 아름다운 계곡, 생선은 흔하디흔해
연꽃 흐드러진 물가에서
고기잡이배에 올라 잔뜩 취하였네

1) 정령위(丁令威)가 영허산(灵虚山)에서 도를 배워 신선이 된 후 학으로 변해서 고향으로 돌아와 성문의 화표 기둥 위에 앉음. 어떤 소년이 활을 쏘려고 하자 "새는, 새는 정령위다, 집 떠나서 천년 만에 막 돌아왔다. 성곽은 예전 그대로인데 사람은 아니로구나, 왜 신선의 도를 배우지 않아 무덤만 쌓이게 되었느냐? (有鸟有鸟丁令威, 去家千年今始归。城郭如故人民非, 何不学仙塚累累。)"라고 말했다는 전설의 인용. 화표는 고대 궁전이나 성곽 또는 능 앞에 세운 큰 기둥.
2) 당나라 백거이(白居易, 자는 낙천乐天)가 장저우 사마(江州司马,

푸른 관복을 입음)로 좌천된 뒤 쉰양(浔阳) 포구에서 손님을 배웅하다 배 위에서 영락한 장안의 연주자가 비파 타는 것을 듣고 비파행(琵琶行)이라는 시를 씀.
3) 소식(苏轼, 호는 동파东坡)을 당시 사람들이 파선(坡仙)이라고 불렀음. 황저우(黄州)로 유배되었을 때 손님들과 함께 배를 타고 적벽 아래 놀러 가 '전 적벽부(前赤壁赋)'와 '후 적벽부(后赤壁赋)'를 지음. '전 적벽부'에 있는 "손님 중 퉁소를 부는 사람이 있어, 노래에 맞추어 화음을 넣었는데, 소리 울려 퍼지는 것이, 원망하는 것 같기도 하고 동경하는 것 같기도 하며, 우는 것 같기도 하고 호소하는 것 같기도 하였으니, 여음이 가늘게 이어지며 실처럼 끊어질 듯 말 듯하였다. (客有吹洞箫者, 倚歌而和之。其声呜呜然, 如怨如慕, 如泣如诉, 余音袅袅, 不绝如缕。)"라는 구절을 인용.

中吕·满庭芳, 山中杂兴 其二

风波几场, 急疏利锁, 顿解名缰。故园老树应无恙, 梦绕沧浪。伴赤松归欤子房, 赋寒梅瘦却何郎。溪桥上, 东风暗香, 浮动月昏黄。

중려·마정방(中吕·满庭芳), 산속 즉흥시 제2수

세상 풍파 몇 번 당해 보니
이익에 얽매였던 것 탁 트이고
명예에 사로잡혔음도 문득 깨달았네

옛 정원 고목은 아무 탈 없겠지
꿈에서도 창랑(沧浪)을 잊지 못하네[1]
자방(子房)은 적송(伴赤)을 따라 돌아가고[2]
하랑(何郎)은 겨울 매화를 노래하다 수척해졌네[3]
달빛 비치는 황혼 녘
동풍에 실린 은은한 향기가
계곡 다리 위에 떠다니네[4]

1) 초(楚)의 굴원(屈原)이 '초사, 어부(楚辞·渔父)' 중 "어부가 빙그레 웃으면서, 노를 저어 지나가며, 노래하네. 창랑의 물이 맑으면 내 갓끈을 씻으면 되고, 창랑의 물이 흐리면 내 발을 씻으면 되리(渔父莞尔而笑，鼓枻而去，歌曰：'沧浪之水清兮，可以濯吾缨；沧浪之水浊兮，可以濯吾足。)"의 인용. 창랑은 한수이(汉水)의 다른 이름이라는 설과 한수이의 하류라는 설이 있음.

2) 자방(子房, 장량张良의 자)은 유방을 도와 천하를 통일한 뒤 세상을 등지고 신선의 도를 배우러 적송자(赤松子)를 따라 감.

3) 남조 양(梁)나라의 하랑(何郎, 하손何逊을 가리킴)이 양저우(扬州)에서 법조(法曹)를 맡고 있을 때 쓴 '이른 매화를 노래함(咏早梅)' 중 "서리 맞아 길가에서 싹을 틔우고, 눈을 맞아 추위 가운데 꽃을 피우네(冲霜当路发，映雪拟寒开。)"의 인용.

4) 송(宋)나라 임포(林逋)의 '산속 정원의 작은 매화(山园小梅)' 중 "성긴 그림자 맑고 얕은 물 위에 비스듬하고, 황혼 녘 달빛 아래 은은한 향기 떠다닌다(疏影横斜水清浅，暗香浮动月黄昏。)"의 인용.

* * *

中吕·齐天乐带红衫儿, 道情

【齐天乐】人生底事辛苦, 枉被儒冠误。读书, 图, 驷马高车, 但沾着者也乎。区区, 牢落江湖, 奔走在仕途。半纸虚名, 十载功夫。人传梁甫吟, 自献长门赋, 谁三顾茅庐。【红衫儿】白鹭洲边住, 黄鹤矶头去, 唤奚奴, 鲙鲈鱼, 何必谋诸妇, 酒葫芦, 醉模糊, 也有安排我处。

중려·제천악 다음 홍삼아(中吕·齐天乐带红衫儿), 도정(道情)

【제천악(齐天乐)】
어째 인생살이 이렇게 고달픈가
괜히 학자 모자(儒冠)[1]를 얻어 써 신세 망쳤네
책 읽고
그림 그리고
네 마리 말이 끄는 높은 수레에 타면서
그저 주절거리기만 하네
볼품없이
사방 각지를 쫓아다니며
벼슬길에서 분주하구나
십 년 세월 애를 써
한 조각 종이 위 헛된 이름 얻었네

사람들 사이에서 양보음(梁甫吟)이 전해지나[2]

스스로 장문부(长门赋)를 지어 바쳐 본들[3]

삼고초려 하는 이가 어디 있나

【홍삼아(红衫儿)】

바이러저우(白鹭洲)[4] 가에 살며

황허지(黃鶴矶)[5]에 머리를 기대고

종아이를 부르고는

농어회를 뜨게 하니

처를 불러 상의할 필요가 어디 있나[6]

---

1) 유관(儒冠)은 고대 학자들이 쓰던 모자. 두보의 '위 좌승 형에게 바치는 이십이 운(奉贈韦左丞二十二韵)' 중 "비단 바지 녀석들은 굶어 죽을 일 없건만, 학자 모자 쓴 이들 대다수가 신세를 망치네(纨袴不饿死, 儒冠多误身。)"를 인용.

2) 제갈량(诸葛亮)이 지었다는 초사. 양부(梁父)라고도 함. 제갈량은 유비에게 발탁되기 전 몸소 밭이랑을 갈면서 양부 읊는 것을 좋아했다고 함.

3) 효무(孝武, 한 무제의 연호) 황제의 진 황후(陈皇后)는 질투에 의해 장문궁(长门宫)에 유폐됨. 사마상여(司马相如)가 천하의 문장가라는 소식을 듣고 황금 백 근을 주고 황제에게 바칠 장문부를 짓게 했다고 함.

4) 장쑤성 서쪽, 난징 서남쪽의 창장(长江) 가운데의 모래톱

5) 후베이 우창(武昌)의 투오산(蛇山)에 있는 바위

6) 소식의 '후 적벽부(后赤壁赋)'에 손님이 찾아와 "오늘 밤 이미 이슥하네, 내가 그물로 잡은 고기가 있네. 입이 크고 비늘이 섬세한 것이 우쑹장(吴淞江)의 농어같이 생겼네. 하지만 술은 어떻게 구할까?"라고 하여 집에 가서 처와 상의해 보니 처가 "보관한 지 오래된

술 한 말이 있어요. 당신이 불시에 찾을 것을 생각해 준비해 놓았어요."라고 한 부분의 인용.

▶ "도정(道情)"은 푸른 하늘과 흰 구름, 멀리는 산이 보이고 가까이는 물이 흐르는 곳에 은둔하여 살고 싶은 마음을 뜻하는 도가 사상이 담긴 단어. 장가구는 노이전수령관(路吏转首领官)에서 시작하여 퉁루 전사(桐庐典史)를 거쳐 혜종 지정(惠宗至正) 때에는 쿤산 막료(昆山幕僚)를 지내기도 하였으나 벼슬길이 순탄하지 않아 만년에는 시후(西湖)에 은둔하여 산과 물을 즐기면서 지냄.

제천악 다음 홍삼아(齐天乐带红衫儿)는 제천악(齐天乐)과 홍삼아(红衫儿)를 붙여 만든 대과곡.

* * *

越调 · 寨儿令, 次韵

你见么, 我愁他, 青门几年不种瓜。世味嚼蜡, 尘事团沙, 聚散树头鸦。自休官清煞陶家, 为调羹俗了梅花。饮一杯金谷酒, 分七碗玉川茶。嗏, 不强如坐三日县官衙。

월조·채아령(越调·寨儿令), 운을 빌려오다

너는 보고 있느냐
그 친구 정말 걱정된다
청문(青门) 밖에서 몇 년째 참외를 심지 않고 있으니[1]
세상인심이란 초를 씹는 것이요
살아가는 것은 흩어진 모래이며
만나고 헤어짐은 나무 위 까마귀로다
벼슬을 던지니 진실로 청빈한 도연명의 생활
매실을 조리하여 매화를 속되게 하는구나
한 잔 금곡주(金谷酒)[2]를 마시고
일곱 잔 옥천차(玉川茶)[3]를 나눈 들
그렇고말고
어찌 현의 관아에 삼 일 앉아 있음보다 나을쏘냐[4]

---

1) 진(秦)나라가 망한 뒤 동릉군 소평(东陵侯邵平)은 장안성 청문(青门) 밖에서 참외를 길러 생계를 유지. 장가구의 지인이 수년째 연락이 없어 염려하는 마음을 비유.
2) 진(晋)나라의 부호 석숭(石崇)의 정원인 금곡원에서 마시던 고급술.
3) 당(唐)나라 시인 노동(卢소, 호는 옥천자玉川子)의 차. 노동은 차를 무척 좋아하였으며 '붓을 달려 맹연의에게 감사의 글을 써 새 차와 같이 부침(走笔谢孟谏议寄新茶)'에서 다음과 같이 차를 예찬함."첫째 잔은 목구멍과 입술을 촉촉하게 하고, 둘째 잔은 번민을 없애 주며, 셋째 잔은 얕은 학식을 긁어내어 남는 건 글자 오천 권이네. 넷째 잔은 가볍게 땀을 흘리게 하여 평생의 불공평함을 모두 털구멍으로 내보낸다. 다섯째 잔은 살과 뼈를 맑게 하고 여섯째 잔

은 신선의 영과 통하게 하며 일곱째 잔은 마실 수 없으니 양 겨드랑이에 솔솔바람이 생김이라. 봉래산은, 어디 있나? 옥천자가, 이 선선한 바람을 타고 돌아가려 하노라. (一碗喉吻润, 两碗破孤闷。三碗搜枯肠, 唯有文字五千卷。四碗发轻汗, 平生不平事, 尽向毛孔散。五碗肌骨清, 六碗通仙灵。七碗吃不得也, 唯觉两腋习习清风生。蓬莱山, 在何处？玉川子, 乘此清风欲归去。)"

4) 도연명은 펑쩌령(彭泽令)에 임명되고 굽신거리는 관리 생활이 싫어 고향으로 돌아감.

▶이 곡은 누군가의 곡에 화답하여 쓴 것인데 구체적인 내용은 밝혀진 바가 없음.

임욱(任昱, 생몰연대 불상)

장가구(张可久), 조명선(曹明善)과 동시대 사람으로 추정. 자는 칙명(则明)이며 쓰밍(四明, 지금의 저장 닝보 소재) 출신. 젊을 때 유곽을 전전하며 기녀들과 벗하면서 많은 산곡을 남겨 가기들이 즐겨 부르게 됨. 평생 관직에 진출하지 않고 지냈으며 노년에는 새로 공부하여 우수한 칠언시도 지음. 소령 59수와 투수 1수가 전함.

正宫 · 小梁州, 春怀

落花无数满汀洲, 转眼春休。绿阴枝上杜鹃愁, 空拖逗, 白了少年头。朝朝寒食笙歌奏, 百年间有限风流。玳瑁筵, 葡萄酒, 殷勤红袖, 莫惜捧金瓯。

정궁·소량주(正宫·小梁州), 봄날 소회

꽃잎 무수히 떨어져 강 속 작은 섬에 가득하네
눈 깜짝할 사이 봄이 가버렸구나
녹음 우거진 가지 위 두견 애처로워
소년의 머리 허옇게 된 것을
괜히 떠오르게 하네
한식 때마다 생황 반주에 노래 불러도

인생 백 년, 풍류 즐길 시간 길지 않아라
거나한 잔치 자리
맛있는 포도주
은근히 따라 주는 붉은 옷소매
가득 찬 술잔 아쉬워 않고 단숨에 들이키리

▶원나라 중, 후기가 되면 조정의 기강은 문란해지고 관리들은 부패하여 많은 지식인이 재야에 은둔하여 화를 면하거나, 피신할 곳을 찾지 못하면 술에 취해 근심을 잊고자 하는 경향이 강해짐.

송나라 때의 제궁조(诸宫调, 말하기도 하고 노래하기도 하는 민간 음악) 중에 소량주(小梁州)가 있었는데 곡조가 유사함.

* * *

中吕 · 上小楼, 隐居

荆棘满途, 蓬莱闲住。诸葛茅芦, 陶令松菊, 张翰莼鲈。不顺俗, 不妄图, 清风高度。任年年落花飞絮。

중려·상소루(中吕·上小楼), 은거

가시나무 가득한 험난한 길
봉래산에서 한가하게 지내고 싶어라

제갈량은 오두막을 짓고

도연명은 소나무 국화를 친구로 삼았으며

장한(张翰)은 순채와 농어를 좋아했었네[1]

세상 이치에 따르지 않고

허황된 꿈도 좇지 않으며

맑고 고상한 품격을 지키리니

해마다 꽃잎 떨어지면 떨어지는 대로 버들개지 흩날리면 흩날리는 대로

1) 서진(西晋)의 장한은 가을바람이 불자 고향의 순채와 농어 생각이 간절해져 관직을 버리고 고향으로 돌아감.

▶은둔은 고대로부터의 화두였지만 금나라와 원나라 때는 문인들 사이의 시대적인 소구점이 됨. 이 시대에는 관직 생활에서 떠나 산림으로 들어가는 것만 의미하지 않고 이민족 통치자와 엮이고 싶지 않다는 염원의 표현이 됨.

상소루(上小楼)는 중려궁 및 정궁에 속하는 북곡의 곡패.

* * *

南吕 · 金字经, 重到湖上

碧水寺边寺, 绿杨楼外楼, 闲看青山云去留。鸥, 飘飘随钓舟。今非旧, 对花一醉休。

남려·금자경(南吕·金字经). 호수에 다시 오다

푸른 물 주변으로 절이 줄지어 있고
녹음 우거진 버드나무 곁, 누각 옆에 누각이라
한가하게 청산을 바라보니 구름도 가는 길을 멈추는데
갈매기는
유유히 낚싯배를 따라가네
오늘은 옛 같지 않으니
꽃과 함께 취해 버리리

▶시후(西湖)의 풍경을 보며 세월의 무상함을 노래함.

* * *

双调·沉醉东风, 信笔

有待江山信美, 无情岁月相催。东里来, 西邻醉, 听渔樵讲些兴废。依旧中原一布衣, 更休想麒麟画里。

쌍조·침취동풍(双调·沉醉东风), 붓 가는 대로 쓰다

강산 정말 아름다우리라 기대하건만
무정한 세월은 갈 길을 재촉하네

동쪽 마을에 다녀왔다
서쪽 이웃에서 취하여
어부와 나무꾼의 흥망성쇠 이야기에 귀 기울이네
여전히 변방에서 허름한 옷 입으면서
설마하니 기린각(麒麟閣)[1] 그림일랑 생각지 마라

1) 한 무제 때 미앙궁(未央宮)에 세운 누각. 한 선제(宣帝) 때 공신 11명의 초상화를 그려 놓음. 이후 공을 세우고 청사에 이름을 남기는 것을 상징하게 됨.

▶임욱은 젊어서 기방에 빠져 지내며 많은 곡을 지었으나 노년에는 마음을 고쳐먹고 공부를 시작함. 평생 변변히 이루어 놓은 것 없는 자기 모습을 되돌아보며 이 곡을 씀.

서재사(徐再思, 약 1280~1330年)

자는 덕가(德可), 호는 첨재(甜斋)이며 자싱(嘉兴) 출신. 단 엿을 좋아하여 호를 첨재라고 하였다고 하며 자싱에서 노리(路吏)라는 말단 관직을 지냈고 평생 장저(江浙) 일대를 벗어난 적이 없음. 소령 103수가 전하며 후세 사람이 관운석(호 산재酸斋)의 작품과 같이 엮어 산첨악부(酸甜乐府)를 편찬함.

双调·沉醉东风, 春情

一自多才间阔, 几时盼得成合。今日个猛见他, 门前过。待唤着怕人瞧科。我这里高唱当时水调歌, 要识得声音是我。

쌍조·침취동풍(双调·沉醉东风), 춘정

오래전 내 사랑과 헤어지고 내내
언제 만날 수 있으려나 비리고 기디렀었네
오늘 우연히 그이를 보게 되었음은
문 앞을 지나가고 있었음이라
소리쳐 부르려다 사람들에게 들킬까 하여
헤어질 때의 수조가(水调歌)[1]를 소리 높여 부르며

노랫소리가 내 것임을 알았으면 하였네

1) 수 양제가 운하를 건설하고 수조가를 지었는데 곡조가 애절하기 그지없었음. 당나라 때 더욱 유행하게 되어 그 이후 많은 시인이 같은 제목의 시를 씀.

▶봉건 시대에는 계급 질서를 유지하기 위해 남녀 간 자유로운 연애와 결혼이 극도로 제한되어 청춘 남녀에게 큰 아픔을 주었음. 사랑하는 남녀 간의 원치 않는 이별이 작가의 시심을 발동함.

* * *

双调 · 蟾宫曲, 春情

平生不会相思, 才会相思, 便害相思。身似浮云, 心如飞絮, 气若游丝。空一缕余香在此, 盼千金游子何之。证候来时, 正是何时。灯半昏时, 月半明时。

쌍조·섬궁곡(双调·蟾宫曲), 춘정

평생 사랑하는 이를 만나지 못하다
겨우 만나게 되나 하였는데
이제 그리움으로 죽을 지경이라

몸은 뜬구름 같고

마음은 흩날리는 버들개지 모양이며

기운은 아지랑이처럼 흔들리네

쓸데없이 한 가닥 향기 여기 남겨 놓더니

기다리는 귀공자는 지금 어디 있나

그리움이 병이 되었으니

가장 심할 때가 언제인가

등불 가물가물해지고

달빛 어슴푸레해질 즈음이라

* * *

仙呂·一半儿, 病酒

昨宵中酒懶扶头, 今日看花惟袖手, 害酒愁花人问羞。病根由, 一半儿因花, 一半儿酒。

선려·일반아(仙呂·一半儿), 만취

지난 새벽 술(扶头)[1]에 만취하여 늘어졌다

오늘 팔짱 끼고 꽃만 보는구나

술로 정신을 잃고 꽃 근심하는 이에게 왜 그러는지 물었더니

"병의 뿌리로 인함이니

절반은 꽃 때문이요
절반은 술 때문이라"

1) 묘시(卯时, 오전 5시에서 7시까지) 마시는 술을 부두주(扶头酒)라
고 하였음.

仙吕 · 一半儿, 落花

河阳香散唤提壶, 金谷魂消啼鹧鸪, 隋苑春归闻杜宇。片红无, 一半儿狂风一半儿雨。

선려·일반아(仙吕·一半儿), 낙화

허양(河阳)에 향기 흩어지니 펠리칸(提壶) 울부짖고[1]
금곡(金谷)에서 사라진 혼, 자고새 슬피 울며[2]
수원(隋苑)[3]에 봄 돌아와 두견 소리 들려오네
붉은 꽃잎 사라짐은 웬일인가
절반은 광풍 때문이요
절반은 내리는 비 때문이라

1) 진(晋)의 반악(潘岳)이 허양 현령(河阳县令)으로 있을 때 경내에
복숭아와 자두를 많이 심어 사람들이 허양현을 화현(花县)이라고
부름.

2) 진(晉)의 석숭에게 녹주(綠珠)라는 기생이 있었는데 천하절색이었음. 손수(孫秀)가 사람을 보내 그녀를 불렀으나 거절함. 다시 황제의 조칙을 사칭하여 석숭에게 명령하자 녹주는 누각에서 떨어져 스스로 목숨을 끊음.
3) 장쑤 양저우 서북쪽에 수 양제가 지었던 정원.

仙呂·一半儿, 春情

眉传雨恨母先疑, 眼送云情人早知, 口散风声谁唤起。这别离, 一半儿因咱一半儿你。

선려·일반아(仙呂·一半儿), 춘정

비 오는 것 원망하여 눈썹 찌푸렸더니 어머니가 의심하고
눈짓으로 보낸 사랑 표시 사람들이 알아버렸으니
입에서 입으로 퍼진 소문 누가 일으킨 걸까
이렇게 헤어짐은
절반은 나 때문이요
절반은 너 때문이라

* * *

双调·水仙子, 夜雨

一声梧叶一声秋, 一点芭蕉一点愁, 三更归梦三更后。落灯花, 棋未收, 叹新丰逆旅淹留。枕上十年事, 江南二老忧, 都到心头。

쌍조·수선자(双调·水仙子), 밤비

오동잎 들리는 소리마다 가을의 소리
파초에 떨어지는 빗방울마다 깊은 시름
깊은 밤 고향 가는 꿈 삼경을 넘었네
등불 꽃(灯花)[1] 떨어지나
바둑은 끝나지 않고
신평(新丰)[2] 객사에 붙들림을 탄식하네
십 년 세월 좇았던 허무한 꿈
고향 부모님의 자식 걱정
머릿속에서 한꺼번에 떠오르네

1) 등불 심지가 타고난 뒤 꽃 모양으로 말린 것을 등불 꽃이라 표현.
2) 산시 린퉁(陝西临潼) 동북쪽에 있던 마을. 당나라의 명신 마주(马周)가 급제 전 신평의 여관에서 묵었는데 주인의 냉대를 받음. 이후 객지에서의 시름을 상징하게 됨.

* * *

双调 · 卖花声 其一

雪儿娇小歌金缕, 老子婆娑倒玉壶, 满身花影倩人扶。昨宵不记, 雕鞍归去, 问今朝酒醒何处。

쌍조·매화성(双调·卖花声) 제1수

예쁘장한 설아(雪儿)[1]가 금루(金缕)[2]를 부르니
늙은이는 흥이 나서 옥주전자를 따르다
온몸에 꽃 그림자 질 때 부축을 받아야 했네
어젯밤 일 생각나지 않아
돌아가려고 말은 탔는데
오늘 아침 술 깨고 보니 어디에 있는 거냐

1) 당나라 때 이밀(李密)의 애첩으로 노래와 춤이 뛰어났음. 이밀은 빼어난 문장을 보게 되면 설아에게 음률을 붙여 노래하게 하였음.
2) 곡 이름

双调 · 卖花声 其二

云深不见南来羽, 水远难寻北去鱼, 两年不寄半行书。危楼目断, 云山无数, 望天涯故人何处。

쌍조·매화성(双调·卖花声) 제2수

짙은 구름이 가려 남쪽 오는 기러기 보이지 않고[1]
물이 깊어 북쪽 가는 물고기 찾을 수 없어[2]
이 년간 편지 한 장 보내지 못했네
높은 누각에서 눈길 닿는 곳엔
구름 산 무수히 많아
하늘 끝 바라보며 "옛 친구 어디 있나"

1) 기러기의 발에 편지를 묶어 보내었다는 고사의 인용.
2) 물고기를 잡아 요리하였더니 배 속에 편지가 있었다는 고사의 인용.

* * *

黄钟 · 人月圆, 甘露怀古

江皋楼观前朝寺, 秋色入秦淮。败垣芳草, 空廊落叶, 深砌苍苔。远人南去, 夕阳西下, 江水东来。木兰花在, 山僧试问, 知为谁开。

황종·인월원(黄钟·人月圆), 간루(甘露) 회고

강변 높은 언덕 옛 왕조의 절에서 보니
친화이(秦淮)[1]가 가을 색에 물들었네

무너진 담벼락에 우거진 수풀
텅 빈 복도에 나뒹구는 낙엽
오랜 계단에 수북이 낀 이끼
놀러 왔던 이들 남쪽으로 떠나고[2]
저녁 해는 서쪽으로 지는데
강물만 동으로 쉬지 않고 흐르네
목란꽃은 여전히 만개해 있어
산승(山僧)에게 물어보았네
"도대체 누구를 위해 피었을까요"

1) 친화이허(秦淮河)는 장쑤 난징에 있는 창장의 지류.
2) 간루사(甘露寺)는 징커우성(京口城) 동북쪽에 있어 관광객들이 징커우성에서 숙박하기 위해 남쪽으로 떠남.

▶완연한 가을 서재사가 간루사에 올라 친화이허(秦淮河) 주변의 황량한 모습을 보며 세상사 변화무쌍함과 타향살이 고달픈 마음을 노래함. 간루사는 265년(동오 감로東吳甘露 원년)에 장쑤 전장 베이구산(鎮江市北固山) 봉우리에 건립. 유비가 동오의 초청을 받아 머물기도 하였음.

* * *

双调·清江引, 相思

相思有如少债的, 每日相催逼。常挑着一担愁, 准不了三分利。这本钱见他时才算得。

쌍조·청강인(双调·清江引), 그리움

그리움이란 빚을 지는 것과 같아
날이면 날마다 시달려야 하네
항상 무거운 근심을 져야 하니
도저히 삼 할 이자를 감당할 수 없음이라
그이를 만나면 이 빚 전부 따져서 돌려받아야지

송방호(宋方壺, 생몰연대 불상)

이름은 자정(子正)이며 화팅(华亭) 출신. 화팅 잉후(莺湖)에 방 여러 칸을 짓고 사면에 무늬를 새긴 창문을 낸 뒤 방호(方壺)라고 이름을 붙여 이것이 그의 호가 됨. 소령 13수와 투수 5수가 전함.

中呂 · 山坡羊, 道情

青山相待, 白云相爱, 梦不到紫罗袍共黄金带。一茅斋, 野花开。管甚谁家兴废谁成败, 陋巷箪瓢亦乐哉。贫, 气不改。达, 志不改。

중려·산파양(中呂·山坡羊), 초탈의 뜻

청산과 서로 기대고
흰 구름과 서로 사귀며
자색 비단 도포에 황금 허리띠, 꿈도 꾸지 않네
한 칸 오막살이에
들에는 꽃이 만발하니
어느 집 흥하고 쇠하며 어떤 사람 성공하고 실패하든 상관할 것 무엇이랴
누추한 집에 밥그릇 물바가지, 이 또한 즐겁지 아니한가

가난해도
기개 꺾이지 않고
잘 풀려도
품은 뜻 변치 않네

▶맹자의 등문공(孟子·滕文公)에 나오는 "부귀해도 방종하지 않고 가난해도 흔들리지 않으며 위세에 굴하지 않는다. 이렇게 해야 대장부라 할 수 있다. (富贵不能淫, 贫贱不能移, 威武不能屈, 此之谓大丈夫)"라는 관점은 오랜 기간 지식인들의 생활신조가 됨. 송방호는 원의 통치라는 어두운 시기에 이러한 맹자의 사상에 깊은 영향을 받음.

***

双调 · 水仙子, 居庸关中秋对月

一天蟾影映婆娑, 万古谁将此镜磨。年年到今宵不缺些儿个, 广寒宫好快活, 碧天遥难问姮娥。我独对清光坐, 闲将白雪歌, 月儿你团圆我却如何。

중려·수선자(双调·水仙子), 추석날 쥐용관(居庸关)에서 달을 보며

하늘 가득 달빛(蟾影)[1]에 계수나무 어른거리고
영겁의 세월, 누가 이 거울을 닦게 하였나
해마다 오늘 밤이 되면 조금도 이지러짐이 없으니
광한궁(广寒宫)[2] 너무 행복하고
푸른 하늘 더없이 넓어 항아(姮娥)[3] 찾기 어려워라
나 홀로 밝은 달을 마주하고 앉아
느긋하게 백설가(白雪歌)[4]를 읊조리니
"달아, 너는 이렇게 둥근데 나는 왜 이렇단 말이냐"

1) 달에 두꺼비가 살고 있다는 전설이 있어 두꺼비(蟾)가 달의 대명사가 됨.
2) 당 명황(唐明皇, 현종)이 달에 놀러 갔다 큰 궁전을 보고 광한청허지부(广寒清虚之府)라는 팻말을 세웠다는 전설의 인용.
3) 상아(嫦娥)의 다른 이름. 달에 산다는 선녀.
4) 고대 초(楚)나라의 양춘백설(阳春白雪)의 약칭.

▶쥐용관(居庸关)은 베이징 창핑구(昌平区) 서북쪽에 있던 만리장성의 요충지 중 하나로 징두관(京都关), 지먼관(蓟门关)이라고도 하였음. 송방호가 화팅에서 쥐용관까지 떠돌아 와서 추석을 맞아 감개가 솟구쳐 쓴 작품.

＊＊＊

中呂 · 红绣鞋, 阅世

　短命的偏逢薄幸, 老成的偏遇真成, 无情的休想遇多情。懵懂的怜瞌睡, 鹘伶的惜惺惺, 若要轻别人还自轻。

중려·홍수혜(中呂·红绣鞋), 세상 경험

덕이 없는 사람은 신의 없는 사람을 만나게 되어 있고
성숙한 사람은 진실한 사람을 만나기 마련이니
무정한 사람아 다정한 사람 만나기를 바라지 마라
우둔한 사람은 게으름뱅이를 기뻐하고
영리한 사람은 총명한 사람을 아끼니
다른 사람을 가벼이 여기면 자신도 같은 일을 당하리라

▶ 원나라 조정은 과거제도를 경시하여 문인이 과거를 통해 관직 진출하는 것이 어려웠기 때문에 자연히 사회 각계각층의 사람들과 밀접한 관계를 맺게 됨. 사회를 명리를 위해 수단 방법 가리지 않고 싸우는 곳으로 인식하고 사람들에게 세상과 인연을 끊고 은거하여 살 것을 권고하는 내용.

* * *

双调·清江引, 托咏

剔秃圞一轮天外月, 拜了低低说: 是必常团圆, 休着些儿缺, 愿天下有情底都似你者。

쌍조·청강인(双调·清江引), 달을 보며 읊조리다

하늘 위에 뜬 달 정말 둥글고 환하여
바라보며 나지막한 소리로 빌었네
"늘 이렇게 둥글어야 하리니
조금도 이지러짐 없기를 원해
세상의 모든 연인 모두 너 같으면 좋겠어"

손주경(孙周卿, 생몰연대 불상)

인종 연우(仁宗延祐, 1314~1320년) 말기에 활동. 구빈(古邠, 지금의 산시 빈현陕西彬县) 출신. 후난에서 객지 생활을 하였으며 소령 23수가 전함.

双调 · 水仙子, 舟中

孤舟夜泊洞庭边, 灯火青荧对客船, 朔风吹老梅花片。推开篷雪满天, 诗豪与风雪争先。雪片与风鏖战, 诗和雪缴缠, 一笑琅然。

쌍조·수선자(双调·水仙子), 배 안에서

한밤중 둥팅(洞庭)호숫가에 정박한 돛단배 한 척
배를 마주한 등불 희미하게 깜박거리는데
불어온 북풍에 매화 잎 떨어지는가
배 덮개를 열고 보니 온 하늘이 눈 천지라
발동한 시심이 눈보라를 시샘하네
눈송이가 바람과 큰 싸움을 벌이고
시구와 내리는 눈이 서로 엉키어서 다투길래
해맑은 소리로 한번 웃어주었네

双调·水仙子, 山居自乐

西风篱菊灿秋光, 落日枫林噪晚鸦, 数椽茅屋青山下。是山中宰相家, 教儿孙自种桑麻。亲眷至煨香芋, 宾朋来煮嫩茶, 富贵休夸。

쌍조·수선자(双调·水仙子), 산에서 자족하다

울타리 밑 국화 서풍을 맞아 가을 햇빛에 찬란하고
해 지는 단풍 숲엔 밤 까마귀 소란한데
청산 아래 자리 잡은 몇 채 오두막집
산속 재상(山中宰相)[1]의 집이니
아들 손자들에게 스스로 농사짓는 일을 가르치네
친척이 오면 토란을 삶고
손님 친구들 오면 여린 찻잎을 우려내니
쓸데없이 부귀공명 자랑치 말라

1) 남북조 시대 양나라의 도홍경(陶弘景)은 쥐취산(句曲山, 장쑤 서남부에 위치한 마오산茅山)에 은거하며 조정의 초빙에 응하지 않았는데 무제(武帝)가 찾아와 국가 대사에 대한 자문을 구하여 당시 사람들이 산중재상이라고 부름.

双调·水仙子, 山居自乐

朝吟暮醉两相宜, 花落花开总不知, 虚名嚼破无滋味。比闲人惹是非, 淡家私付与山妻。水碓里舂来米, 山庄上饯了鸡, 事事休提。

쌍조·수선자(双调·水仙子), 산에서 자족하다

아침이면 시를 읊고 저녁이면 술 취하는 것 둘 다 즐겨 하니
꽃 지고 꽃 피는 것 도통 알지 못함은
헛된 이름 아무런 맛도 없음 익히 알았음이라
어찌 한량처럼 일마다 시비를 따지랴
몇 푼 안 되는 재산 시골 아녀자에게 맡겨 버리고
물방아로 쌀을 찧든
산동네 가서 닭을 절이든
무엇을 하든 상관하지 않네

▶손주경이 은둔 생활을 소재로 쓴 여섯 수의 쌍조·수선자(双调·水仙子) 중 제2, 3, 6수.

* * *

双调·蟾宫曲, 自乐 其一

想天公自身有安排, 展放愁眉, 开着吟怀。款击红牙, 低歌玉树, 烂醉金钗。花谢了逢春又开, 燕归时到社重来。兰芷庭阶, 花月楼台。许大乾坤, 由我诙谐。

쌍조·섬궁곡(双调·蟾宫曲), 자족 제1수

생각해 보라 하느님이 스스로 모든 것을 준비하셨으니
마땅히 찡그린 눈썹을 펴고
즐거운 마음으로 노래하여야 하리
느긋하게 붉은 박자판을 두드리며
나지막이 옥수(玉树)[1]를 부르고
미인들과 잔뜩 취하리라
시들어 떨어진 꽃은 다음 봄을 맞아 다시 피고
남으로 날아간 제비는 다음 지신제(春社)[2]를 맞아 돌아오네
정원 계단에는 난초 지초 흐드러지고
누각 위에 뜬 달은 꽃들을 비추네
우주가 이렇게 크긴 하나
즐겁고 기쁜 것은 니에게 달린 일이라

1) 남북조 시대 진(陈)의 황제 진숙보(陈叔宝)가 쓴 옥수후정화(玉树后庭花). 내용은 비빈들의 아름다운 자태를 찬미하는 것이나 이 시가 지어진 뒤 진나라가 멸망하여 망국의 노래로 받아들여짐.

2) 고대에는 봄과 가을 두 번 토지신에게 제사를 지냈는데 봄에 지내는 것을 춘사(春社), 가을에 지내는 것을 추사(秋社)라 하였음.

双调 · 蟾宫曲,自乐 其二

草团标正对山凹, 山竹炊粳, 山水煎茶。山芋山薯, 山葱山韭, 山果山花。山溜响冰敲月牙, 扫山云惊散林鸦。山色元佳, 山景堪夸。山外晴霞, 山下人家。

쌍조·섬궁곡(双调·蟾宫曲), 자족 제2수

산골짜기를 마주한 오두막 초가집
산의 대나무로 밥을 하고
산의 물로 차를 끓이네
산에서 고구마와 감자를 캐고
산에서 파와 부추를 기르며
산에서 딴 과일과 산의 꽃을 즐기네
산에서 흐르는 샘물 소리, 얼음으로 초승달을 두드림이며
산에서 구름 걷히니 숲의 까마귀 놀라 흩어지네
산의 색깔만큼 고운 것 없으며
산의 경치만큼 감탄하게 하는 것 없네
산 너머로 맑은 하늘 노을빛 물들고
산 아래에는 몇 채 집들이 보이네

▶손주경은 관리 사회의 험악한 현실을 경험한 후 산으로 은둔하였으나 마음속에 응어리는 해소되지 않고 남아 있었음.

고덕윤(顾德润, 1320年 전후)

자는 균택(均泽, 일설에선 군택君泽), 호는 구산(九山)이며 쑹장(松江) 출신. 항저우로리(杭州路吏)를 지내고 핑장(平江)으로 옮김. 북궁사기(北宫词纪)와 태평악부(太平乐府)에 그의 산곡이 다수 실려 있음.

越调·黄蔷薇带庆元贞, 御水流红叶

【黄蔷薇】步秋香径晚, 怨翠阁衾寒。笑把霜枫叶拣, 写罢衷情兴懒。【庆元贞】几年月冷倚阑干, 半生花落盼天颜, 九重云锁隔巫山。休看作等闲, 好去到人间。

월조·황장미 다음 경원정(越调·黄蔷薇带庆元贞), 황궁 수로의 붉은 잎

【황장미(黄蔷薇)】
가을밤 향기 짙은 길을 걸으며
푸른 누각 차가운 이불(衾寒)[1]을 원망하였네
서리 앉은 단풍잎을 주우며 웃음 짓다
마음에 담은 글 쓰고 나니 마음이 편안해졌네
【경원정(庆元贞)】
차가운 달빛 아래 난간에 기댄 것 몇 년째인가

반평생 용안을 바라보다 꽃은 떨어지는데
아홉 겹 구름이 우산(巫山)을 덮어 가로막아버렸네
보는 것 그만두고 가는 대로 놓아두어라
가다가 부디 사람 사는 세상에 닿기를 원하노라

1) 차가운 이불과 얼음장 같은 베개(衾寒枕冷)는 배우자 없는 사람의 쓸쓸한 처지를 비유.

▶황장미(黄蔷薇)와 경원정(庆元贞)을 붙여서 만든 접속곡. 당나라 때 우우(于祐)의 고사를 인용. 우우가 어느 날 우연히 황궁에서 흘러나오는 수로에서 붉은 나뭇잎 하나를 주웠더니 그 위에 "물은 어찌 이다지 급하게 흐르나, 깊은 궁궐 안 종일 심심하여라, 붉은 잎에 바라고 바라니, 부디 인간 세상까지 이르러 다오(流水何太急, 深宫尽日闲。殷勤谢红叶, 好去到人间。)"라는 시가 적혀 있었음. 우우는 종일 이를 음미하며 수개월간 식음을 전폐하고 잠을 이루지 못하다가 "나뭇잎 위 붉은 서러움 쓴 것 보았네, 나뭇잎 위에 쓴 시는 누구에게 보내야 할까(曾闻叶上题红怨, 叶上题诗寄阿谁。)"라고 두 구를 첨가하여 수로에 흘려보냄. 마침 원래 시를 썼던 궁녀 한(韩)씨가 궁궐에서 나오게 되어 우우와 만나 결혼함.

* * *

中吕·醉高歌带摊破喜春来, 旅中

【醉高歌】长江远映青山, 回首难穷望眼。扁舟来往蒹葭岸, 烟锁云林又晚。【摊破喜春来】篱边黄菊经霜暗, 囊底青蚨逐日悭。破情思晚砧鸣, 断愁肠檐马韵, 惊客梦晓钟寒。归去难, 修一缄回两字报平安。

중려·취고가 다음 탄파희춘래(中吕·醉高歌带摊破喜春来), 여행 중에

【취고가(醉高歌)】
창장(长江) 위 멀리 청산이 비치는데
고개를 돌려보니 물길은 끝이 없네
작은 배들이 갈대 무성한 강변을 왕래하고
또 저녁이라 안개가 구름처럼 숲을 덮는다
【탄파희춘래(摊破喜春来)】
울타리 옆 국화는 서리를 맞아 색을 잃고
주머니 안 돈은 나날이 모자라네
깊은 밤 다듬이 소리 생각이 산란해지고
처마 끝 풍경이 울려 서글픈 마음 찢어지는데
차가운 새벽 나그네는 종소리에 놀라 꿈을 깨네
집으로 돌아갈 수 없는 신세
평안(平安) 두 글자를 더하여 편지를 고쳐 쓰네

▶취고가(醉高歌)와 탄파희춘래(攤破喜春来) 두 곡을 붙여 만든 곡. 원래 제목이 없었으나 전원산곡(全元散曲)에서 보충함.

조덕(曹德, 생몰연대 불상)

자는 명선(明善)이며 취저우(衢州, 지금의 저장 취현衢县) 출신. 취저우로리(衢州路吏)와 산둥헌리(山东宪吏)를 지냄. 1339년(세조 지원至元 5년) 독단적으로 전권을 행사하며 담왕 철철독(郯王彻彻笃)을 살해하고 무고한 이들을 투옥하였던 백안(伯颜)을 풍자하는 청강인(清江引) 2곡을 지어 명성을 떨침. 백안을 피하여 남쪽 우중(吴中)으로 피신하였다가 백안이 실각한 뒤 서울로 돌아옴. 전원산곡(全元散曲)에 소령 18수가 남아 있음.

双调 · 沉醉东风, 隐居

鸱夷革屈沉了伍胥, 江鱼腹葬送了三闾。数间谏时, 独醒处, 岂是遭诛被放招伏。一舸秋风去五湖, 也博个名传万古。

쌍조·침취동풍(双调·沉醉东风), 은거

가죽 부대에 담아 오자서(伍子胥)를 강에 던지고[1]
삼려(三闾)는 강의 물고기 배에 장사 지내어 보냈네
몇 번이나 간곡한 설득을 들었어도
오직 홀로 깨어 있으니

죽어서야 누명을 벗는단 말인가[2]
한 척 배가 가을바람에 실려 우후(五湖)로 가더니
큰 이름을 만고에 남기었네[3]

1) 오자서는 월나라에 대한 정책의 이견으로 오왕 부차와 갈등을 빚던 중 서시 문제로 칼로 목을 베어 자결하게 됨. 부차는 시체를 말가죽 부대에 담아 강에 던짐. 백성들이 시체를 건져 장사 지내고 강 옆에 사당을 세움.
2) 초나라 삼려대부(三閭大夫)였던 굴원은 세상이 다 혼탁하니 적응해서 살라고 권하는 어부에게 차라리 상장(湘江)의 물고기 배에 자신을 장사 지내겠다고 함.
3) 범려는 오나라를 멸망시킨 후 우후로 잠적하여 이름을 바꾸고 상업에 종사함.

* * *

中呂 · 喜春来, 和则明韵 其一

春云巧似山翁帽, 古柳横为独木桥。风微尘软落红飘, 沙岸好, 草色上罗袍。

중려·희춘래(中呂·喜春来), 칙명(则明)의 운에 맞추어 제1수

봄날 하늘 구름은 흡사 산속 늙은이(山翁)[1]의 모자요
오랜 버드나무 가로누워 외나무다리가 되었네

살랑살랑 바람에 먼지 부드럽고 꽃잎 흩날리니
모래 기슭 좋구나
풀색이 도포를 물들이네

1) 진(晋)나라 샹양(襄阳) 태수였던 산간(山简)을 가리킴. 그는 항상
흰색 두건을 쓰고 다녀 백접리(白接羅)라고 불렸음.

中呂 · 喜春来, 和则明韵 其二

春来南国花如秀, 雨过西湖水似油。小瀛洲外小红楼, 人病酒, 料自下帘钩。

중려·희춘래(中呂·喜春来), 칙명(则明)의 운에 맞추어 제2수

봄이 온 남국 꽃으로 수놓은 듯하고
비 지난 시후(西湖), 수면이 기름 같구나
샤오잉저우(小瀛洲)[1] 바깥 작은 홍루(红楼)[2]에는
술 때문에 아픈 사람 있어
가만히 휘장을 내리나 보다

1) 시후(西湖)에서 가장 큰 섬. 풍경이 수려하기로 유명함.
2) 귀부인들이 거처하는 화려한 누각

▶︎ 칙명(则明)은 임욱(任昱)의 자. 임욱이 썼던 원작은 분실되고 없음.

* * *

双调 · 折桂令, 自述

淡生涯却不多争, 卖药修琴, 负笈担簦。雪岭樵柯, 烟村牧笛, 月渡渔罾。究生死干忙煞老僧, 学飞升空老了先生。我腹膨脝, 我貌狰狞, 我发鬅鬙。除了衔杯, 百拙无能。

쌍조·절계령(双调·折桂令), 스스로 말하다

부귀공명을 좇지 않으니 싸울 일도 없다
약초를 팔고 거문고 고치며
책 상자 짊어지고 큰 삿갓을 메었네
눈 덮인 봉우리엔 나무꾼 도끼 소리
안개 자욱한 마을에는 목동의 피리 소리
달 건너는 개울에 쳐 놓은 대나무 어망
쉴 새 없이 삶과 죽음을 연구하면 고승이 되고
하늘로 날아오르는 것 배우면 도사가 되는가
나, 배부르게 먹고
나, 머리는 헝클어진 채로

나, 생긴 대로 살고자 하니
입에 잔을 무는 것 말고는
모든 일에 서투르고 무능함이라

고극례(高克礼, 1331年 전후)

자는 경신(敬臣), 호는 추천(秋泉)이며 허젠(河间) 출신. 음관(荫官)으로 칭웬 이관(庆元理官)을 지냄. 소령에 능통하여 명성이 높았으나 4수만 전함.

越调·黄蔷薇过庆元贞 其一

【黄蔷薇】燕燕别无甚孝顺, 哥哥行在意殷勤。玉纳子藤箱儿问肯, 便待要锦帐罗帏就亲。【庆元贞】吓得我惊急列蓦出卧房门, 他措支剌扯住我皂腰裙, 我软兀剌好话倒温存。一来怕夫人情性哏, 二来怕误妾百年身。

월조·황장미 다음 경원정(越调·黄蔷薇过庆元贞) 제1수

【황장미(黄蔷薇)】
연연(燕燕)은 다른 뜻 없이 정성스럽게 순종하였으나
오빠는 마음에 두고 은근하게 행동하였네
옥을 넣은 등나무 상자로 사랑을 구하고
비단 휘장에서 관계하려고 기다렸네
【경원정(庆元贞)】
내가 깜짝 놀라 급히 침실에서 튀어 나가려 하니
그가 당황하여 내 검은색 치마를 붙잡아서

나는 부드럽고 따스한 말로 달래었네
"첫째는 부인의 더러운 성질이 무섭고요
둘째는 소첩의 일생을 망칠까 두려워요"

▶이 작품은 관한경의 '계집종을 속이려 풍월을 읊다(诈妮子调风月)'라는 잡극 중 여주인공 연연의 사건을 빌려 쓴 것. 연연은 관리의 아들인 소천호(小千户)의 시중을 들라는 명령을 받았는데 소천호가 연연을 욕보이려 하자 연연이 이를 교묘하게 거절한다는 내용.

越调·黄蔷薇过庆元贞 其二

【黄蔷薇】又不曾看生见长, 便这般割肚牵肠。唤奶奶酪子里赐赏, 撮醋醋孩儿弄璋。【庆元贞】断送得他萧萧鞍马出咸阳, 只因他重重恩爱在昭阳, 引惹得纷纷戈戟闹渔阳。哎, 三郎, 睡海棠, 都则为一曲舞霓裳。

월조·황장미 다음 경원정(越调·黄蔷薇过庆元贞) 제2수

【황장미(黄蔷薇)】
아직 태어나는 것 볼 때도 아니거늘
왜 이리 배를 갈라 장을 보려는 걸까
유모를 불러 남몰래 선물을 건네주고

신 것을 재촉하며 남자아이 낳으려 안달이네

【경원정(庆元贞)】

결국 쓸쓸히 말을 타고 셴양(咸阳)을 나섰으니[1]

소양전(昭阳殿)에서 너무 사랑이 깊어[2]

위양(渔阳)에서 창칼 소리 요란하게 되었네[3]

아이고

삼랑(三郎)[4]과

잠든 해당(海棠)[5]

이 모든 것이 한 곡의 춤 예상(霓裳)[6]으로 말미암았네

1) 당 현종이 양귀비를 데리고 장안에서 서촉으로 피난함.
2) 양귀비가 거주하던 궁전을 가리킴.
3) 위양은 지금의 허베이 지현(蓟县)으로 안록산이 반란을 일으킨 곳.
4) 삼랑은 현종의 어릴 때 이름
5) 현종은 양귀비가 취한 모습을 잠든 해당에 비유하였음.
6) 현종이 꿈에서 달 속 선녀들을 보고 만들었다는 춤 예상우의무(霓裳羽衣舞)의 약칭. 양귀비가 잘 추었다고 전해짐.

▶현종이 양귀비에 빠져 국정이 문란해지고 결국 안사의 난(安史乱)이 일어나게 된 역사적 교훈을 인용하여 사람들이 아이 낳으려고 안절부절못하는 것을 경계함.

왕엽(王晔, 생몰연대 불상)

자는 엽(晔), 호는 남재(南斋)이며 항저우 출신. 주개(朱凯)와 함께 산곡 '쌍점과 소경의 문답(双渐小卿问答)' 16수를 지음. 지순 연간(1330~1332년)에 춘추 시대부터 금나라까지 살았던 문인들의 작품과 생애를 정리하여 우희록(优戏录)을 편찬하였으나 남아 있지 않음.

双调·折桂令, 问苏卿

俏排场惯战曾经, 自古惺惺, 爱惜惺。燕友莺朋, 花阴柳影, 海誓山盟, 哪一个坚心志诚, 哪一个薄幸杂情。则问苏卿, 是爱冯魁, 是爱双生。

쌍조·절계령(双调·折桂令), 소경(苏卿)에게 묻다

아름다운 맵시에 갈등에는 이미 익숙하니
자고로 총명한 이는
총명한 이를 아끼는 법이라
제비와 꾀꼬리 같은 사이가 되어
꽃과 버들 그늘에서
산과 바다 같은 맹세를 하였었네
굳은 결심 한결같은 마음은 무엇이고

야박한 마음 흔들리는 뜻은 무엇인가
소경(苏卿)에게 물어보세
풍괴(冯魁)를 사랑할 것이냐
서생 쌍점(双渐)을 사랑할 것이냐

双调·折桂令, 答

平生恨落风尘, 虚度年华, 减尽精神。月枕云窗, 锦衾绣褥, 柳户花门。一个将百十引江茶问肯, 一个将数十联诗句求亲。心事纷纭: 待嫁了茶商, 怕误了诗人。

쌍조·절계령(双调·折桂令), 답

평생 풍진세상 원망하였어요
세월은 헛되이 흐르고
정신은 소진되어 버렸어요
달을 베개 삼고 구름을 창문 삼아(月枕云窗)[1]
비단 이불에 수놓은 담요
비드나무 집 꽃문(柳户花门)[2]에서 살았지요
한 사람은 많은 배에 장시(江西) 차를 싣고 와 청혼하고
한 사람은 수십 장 시구로 사랑을 구하는군요

1) 기녀가 뭇 남자에게 몸을 팔며 밤새 유린당하는 신세의 비유

2) 기생집을 의미

▶당시 유행하던 루저우(庐州)의 기녀 소소경(苏小卿)과 쌍점의 이야기를 소재로 한 작품.

* * *

双调·殿前欢, 再问

小苏卿,言词道得不实诚。江茶诗句相兼并,那件著情。休胡芦提二四应。相僾俸。端的接谁红定。休教勘问,便索招承。

쌍조·전전환(双调·殿前欢), 다시 묻다

어여쁜 소경이여
말하는 것이 진지하지 못하군요
장시 차와 시구 둘 다 가지고 싶은 건지
어느 것에 정을 두는 거요
애매모호하게 기분 내키는 대로 이야기하지 마세요
결정하기가 어려운가 보군요
누구 혼례 예물에 진짜 마음이 있는 거요
쉬지 않고 계속 캐묻다 보면

결국에는 본심을 드러내게 되리라

双调·殿前欢, 答

满怀冤, 被冯魁掩扑了丽春园。江茶万引谁情愿。听妾明言。多情小解元, 休埋怨, 俺违不过亲娘面。一时间不是, 误走上茶船。

쌍조·전전환(双调·殿前欢), 답

가슴 가득 원한만 사무쳤어요
뜻밖에 이춘원(丽春园)[1]에서 풍괴의 노리개로 팔렸답니다
장시 차 아무리 많은들 누가 마음이 끌리기나 했나요
소첩이 명백히 이야기할 테니 들어보세요
정이야 보잘것없는 급제생에게 있었죠
저는 단지 불평하지 못하고
어머니 얼굴을 거스르지 못했을 뿐이랍니다
한동안은 버텼지만
결국 차 실은 배에 잘못 올라타게 되었던 거에요

1) 소경이 거주하던 장소. 이후 기녀의 거처를 통칭하는 말이 됨.

왕중원(王仲元, 생몰연대 불상)

항저우 출신이며 종사성(钟嗣成)과 오랜 기간 교류. 잡극 3종을 썼으나 분실되었고 산곡 12수와 투수 4수가 전함.

中吕 · 普天乐, 春日多雨

无一日惠风和, 常四野彤云布。哪里肯妆金点翠, 只待要迸玉筛珠。这期间湖景阴, 恰便似江天暮。冷清清孤山路, 六桥迷雪压模糊。瞥见游春杜甫, 只疑是寻梅浩然, 莫不是相访林逋。

중려·보천악(中吕·普天乐), 봄날 많은 비

하루도 바람 훈훈한 날이 없고
사방 벌판엔 늘 짙은 구름이 내려져 있네
초록 잎사귀에 비치는 금색 햇살 어디 있나
기다렸더니 하늘에서 옥구슬이 체로 치듯 쏟아지는구나
이즈음엔 호수 풍경 어두컴컴하여
마치 하늘에서 강 위에 장막을 내린 것 같네
구산(孤山)[1]의 길은 스산하고
육교(六桥)[2]는 흩날리는 눈으로 희미하여 분간할 수 없네
언뜻 보니 두보(杜甫)가 봄 소풍 온 것인지[3]

호연(浩然)이 매화를 찾고 있는 것인지[4]
임포(林逋)가 찾아온 것은 아닌지 하노라[5]

1) 시후(西湖) 변에 있는 산.
2) 송나라 때 소식이 시후 외호(外湖)의 소제(苏堤)에 여섯 개의 다리를 건설하였음. 영파(映波), 쇄란(锁澜), 망산(望山), 압제(压堤), 동포(东浦), 과홍(跨虹).
3) 두보는 봄 소풍을 좋아하여 맑은 날이면 항상 교외로 나가 시를 짓곤 하였음.
4) 맹호연은 눈을 밟으며 매화 보는 것을 좋아하였음.
5) 송나라 때 임포는 구산에 은거하며 매화를 심고 학 기르는 것을 낙으로 삼아 사람들이 매처학자(梅妻鹤子)라고 부름.

여지암(呂止庵, 생몰연대 불상)

자신의 불운을 한탄하는 가운데 왕조의 흥망을 담고 있는 작품이 많아 송나라 유민으로 추정함. 후정화(后庭花) 10수로 유명함. 소령 33수와 투수 4수가 남아 있음.

仙呂 · 后庭花

风满紫貂裘, 霜合白玉楼。锦帐羊羔酒, 山阴雪夜舟。党家侯, 一般乘兴, 亏他王子猷。

선려·후정화(仙呂·后庭花)

보라색 담비 털옷에 찬 바람 가득하고
서리는 하얗게 옥루에 얼어붙었네
금실 휘장에서 양고주(羊羔酒)를 마시며[1]
산인(山阴)에서는 눈 내리는 밤 배를 띄우네[2]
당 씨댁 고관처럼
흥을 내어 보지만
왕자유(王子猷)[3]에는 이르지 못하네

1) 북송의 명장 당진(党进, 927~978년)은 자신의 가희(家姬)를 한림학사 도곡(陶谷)에게 줌. 눈 오는 날 도곡이 눈으로 차를 끓이며 가

희에게 "당 씨 집안도 이런 풍류를 아는가?"라고 묻자, 가희는 "당태위(党太尉)는 호방한 사람이라 이런 재미는 모르고요, 그는 금실휘장 안에서 나지막이 노래 부르며 양고주를 마십니다."라고 대답하여 도곡의 말문을 막음. 양고주는 루안청(栾城, 허베이 스자좡石家庄 동남쪽에 위치한 마을)에서 나는 명주로 한, 위(汉魏) 시대부터 존재. 어린 양고기를 섞어 발효시킴.
2) 진(晋)나라 때 왕휘지(王徽之)는 산인(山阴, 저장 사오싱绍兴)에 머물던 중 큰 눈이 내린 밤 잠이 깨자 문득 대규(戴逵)가 보고 싶어져 배를 타고 산시(剡溪, 저장 성저우嵊州에 있는 하천)로 찾아감. 새벽녘에 도착하였으나 "흥이 일어나 왔지만 흥이 다해 돌아간다"라는 말을 남기고 왔던 길을 그냥 돌아감.
3) 자유(子猷)는 왕휘지의 자.

▶후정화는 선려궁(仙吕宫)에 속하는 곡으로 소령에서는 후정화파자(后庭花破子)라고도 하며 투수에서는 허시후정화(河西后庭花)라고도 함. 곡조 명은 남조 때 진 후주(陈后主)가 지은 옥수후정화(玉树后庭花)에서 유래.

* * *

仙吕 · 醉扶归 其一

瘦后因他瘦, 愁后为他愁。早知伊家不应口, 谁肯先成就。营勾了人也罢手, 吃得我些酪子里骂低低的咒。

선려·취부귀(仙呂·醉扶归) 제1수

야위고 나서 그 사람 때문에 또 여위고
서글픈 뒤에 그 사람 때문에 또 서글프네
그이 속내 다른 줄 진작 알았더라면
누가 선뜻 사랑을 이루려고 하였으랴
"사람 속이는 것 그만 좀 하세요
하도 당해서 남몰래 작은 소리로 욕하게 됩니다"

仙呂 · 醉扶归 其二

频去教人讲, 不去自家忙。若得相思海上方, 不到得害这些闲魔障。你笑我眠思梦想, 则不打到你头直上。

선려·취부귀(仙呂·醉扶归) 제2수

툭하면 사람들을 찾아 수작하면서
하루라도 거르면 혼자서 어쩔 줄 모르네
만약 상사병 해상방(海上方)[1]을 찾을 수 있다면
이 쓸데없는 마장(魔障)[2] 때문에 아파하지 않을 텐데
"너 내가 꿈에도 잊지 못하는 것 웃고 있는 거냐
아직 당해보지 않아 몰라서 그래"

1) 효능이 특출한 영약. 진시황이 도사들을 바다로 보내 불로장생의 약을 찾게 하여 해상방이라는 이름이 붙음.
2) 악마가 설치한 불도(佛道)의 수행에 장애가 되는 것. 여기서는 상사병을 상징.

仙呂 · 醉扶归 其三

有意同成就, 无意大家休。几度相思几度愁, 风月虚遥授。你若肯时肯不肯时罢手, 休把人空拖逗。

선려·취부귀(仙呂·醉扶归) 제3수

생각이 있으면 같이 사랑을 이루고요
생각이 없으면 전부 그만두도록 해요
그리워할 때마다 서글퍼지고
멀리 애정을 보내는 것 허무하답니다
그대 동의하면 그렇다고 하고 그렇지 않으면 아니라고 하고
괜히 사람 집적거리지 마세요

▶취부귀는 극곡과 산곡 소령에서 사용되던 곡패. 취하여 부축을 받아 돌아간다는 의미.

진진(真真, 생몰연대 불상)

졘닝현(建宁县, 지금의 푸졘福建 소재) 출신. 남송의 참지정사(参知政事)를 지낸 이학가(理学家) 진덕수(真德秀)의 후손이었으나 관리였던 아버지가 공금을 빌렸다 갚지 못해 관기로 팔림. 1309 또는 1310년(무종 지대武宗至大 2, 3년)에 한림승지 요수(翰林承旨姚燧)가 진덕수의 후손임을 알고 소사(小史)와 결혼시킴. 소령 1수가 전함.

仙吕 · 解三酲

奴本是明珠擎掌, 怎生的流落平康。对人前乔做作娇模样, 背地里泪千行。三春南国怜飘荡, 一事东风没主张, 添悲怆, 那里有珍珠十斛, 来赎云娘。

선려·해삼정(仙吕·解三酲)

소녀는 원래 손바닥 위 고운 구슬이었는데
평강(平康)¹⁾으로 몰락하게 될 줄 어찌 알았겠어요
사람들 앞에선 예쁘게 꾸며야 하나
등으로는 천 줄기 눈물이 흐릅니다
봄날에 나부끼는 남쪽 나라 버들개지처럼
한 줄기 동풍에 몸을 가누지 못하니

아픈 마음만 더하여질 뿐이랍니다
어디서 진주 십 곡(斛)²⁾을 구해
운낭(云娘)³⁾을 위해 돈을 갚을 수 있겠어요

1) 당나라 때 장안의 핑캉리(平康里)에 가기들이 모여 지냈음. 이후 기생집을 의미하게 됨.
2) 곡식, 액체 등의 분량을 되는 데 쓰는 그릇 또는 용량(容量)의 단위. 본래 10두(斗, 10되)가 1곡(一斛)이었다가 후에 5두로 바뀜.
3) 당나라 때 소설 '배항(裵航)'에 나오는 선녀 운영(云英). 배항은 란챠오이(蓝桥驿)에서 운영을 만나 청혼을 하고 우여곡절 끝에 결혼에 성공함. 진진은 자신을 운영에 비유.

▶진진이 요수에게 자신이 관기로 전락하게 된 연유와 기적을 벗어날 수 없는 비참한 상황을 고백한 시.
해삼정(解三酲)은 진진이 만든 아홉 구로 된 곡패.

사덕경(查德卿, 생몰연대 불상)

인종(仁宗, 1285~1320년) 전후에 활동. 소령 22수가 전함.

仙呂 · 寄生草, 感叹

姜太公贱卖了磻溪岸, 韩元帅命博得拜将坛。羡傅说守定岩前版, 叹灵辄吃了桑间饭, 劝豫让吐出喉中炭。如今凌烟阁一层一个鬼门关, 长安道一步一个连云栈。

선려·기생초(仙呂·寄生草), 감탄

강태공은 판시(磻溪)¹⁾ 언덕을 싸구려에 팔아버리고
한 원수(韩元帅)는 목숨을 담보로 대장군 자리에 올랐네²⁾
부열(傅说)이 푸옌(傅岩)에서 담을 쌓은 것 부러워하고³⁾
영첩(灵辄)이 뽕나무 사이에서 밥 얻어먹은 것 탄식하네⁴⁾
누가 예량(豫让)을 권하여 목구멍에서 숯을 토하게 할 것인가⁵⁾
지금 능연각(凌烟阁)⁶⁾은 한 층에 하나 생사 갈림길이며
장안으로 가는 길은 한걸음에 하나 연운잔(连云栈)⁷⁾이라

1) 황허(璜河)라고도 하며 산시 바오지현(陕西宝鸡县) 동남쪽에 소재.

상류의 쯔취안(兹泉)에서 강태공이 낚시하다 문왕(文王)을 만남.
2) 한신(韩信)은 유방이 대장군으로 발탁하였으나 여 태후(吕后)에게 살해됨.
3) 은(殷)나라의 명재상 부열은 푸옌(지금의 산시 핑루山西平陆)에 은거할 때 흙을 다져 제방을 쌓아 사람들의 존경을 받음. 은 고종(殷高宗)이 "밤중 꿈에서 성인을 얻었으니 그 이름이 열이라 한다.(夜梦得圣人, 名曰说)"라고 하였음.
4) 진 영공(晋灵公)의 대부(大夫) 조선자(赵宣子)가 서우양산(首阳山)에서 사냥하다 뽕나무 그늘에서 쉬던 중 굶주린 영첩을 보고 그와 그의 어머니에게 밥과 고기를 줌. 영공이 조선자를 죽이고자 영첩을 보냈을 때 영첩이 명을 어기고 살려줌으로써 한 끼 식사의 은혜를 갚음.
5) 진(晋)나라의 대부 지백(智伯)의 가신이었던 예랑은 지백이 조양자(赵襄子)에 의해 망하게 되자 몸에 옻칠하여 상처를 내고 숯을 삼켜 목이 쉬게 함으로써 거지로 변장하고 조양자를 암살하려 하였으나 실패함.
6) 당 태종(唐太宗)이 공신들의 초상화를 걸어 놓았던 전각. 고관 대신들을 의미.
7) 산시 바오구(陕西褒谷)와 셰구(斜谷) 사이에 걸려 있는 잔도. 산시에서 촉(蜀)으로 들어가는 길로 위험한 벼슬길을 의미.

▶ 사더견은 벼슬길이 험난함을 뼈저리게 느끼고 옛날을 회고하면서 현실을 한탄하는 작품을 많이 씀. 이 곡에서도 옛사람들의 예를 들면서 허망한 명성을 위하여 목숨을 팔지 말 것을 권유.

* * *

越调·柳营曲, 金陵故址

临故国, 认残碑。伤心六朝如逝水。物换星移, 城是人非, 今古一枰棋。南柯梦一觉初回, 北邙坟三尺荒堆。四围山护绕, 几处树高低。谁, 曾赋黍离离。

월조·유영곡(越调·柳营曲), 진링(金陵) 옛터

옛 왕조에 온 것을
비석이 남아 알게 되었네
슬프다, 육조(六朝)의 영광 물처럼 흘러갔구나[1]
만물이 바뀌고 별도 자리를 옮겼는데
성은 그대로건만 사람은 가고 없네
고금의 흥망이 한 판 바둑이로다
남가의 꿈(南柯梦)[2] 깨어보니 제자리요
북망(北邙)의 무덤[3]도 삼척(三尺) 황량한 흙더미라
사방을 산이 둘러싸고
곳곳에 크고 작은 나무들이 자라났네
누가
일찌감치 기장의 무성함을 노래하였던가[4]

1) 삼국시대 오(吴), 동진(东晋), 남조의 송(宋), 제(齐), 양(梁), 진(陈)이 진링(金陵, 지금의 난징)에 도읍을 정하였음.
2) 중국 당나라의 순우분(淳于棼)이 술에 취하여 홰나무의 남쪽으로

뻗은 가지 밑에서 잠이 들었는데 괴안국(槐安國)의 부마가 되어 남가군(南柯郡)을 다스리며 20년 동안 영화를 누리는 꿈을 꾸었음.
3) 동한(东汉)과 위(魏)의 왕후, 공경들이 뤄양 북쪽의 망산(邙山)에 많이 묻혔음.
4) 고국의 종묘 곳곳에 기장만 무성한 것을 둘러보며 한탄하면서 시경, 왕풍(诗经·王风)의 서리(黍离) 편을 쓴 동주(东周)의 대부를 가리킴.

　　　　　　　　＊ ＊ ＊

仙吕·一半儿, 拟美人八咏 春妆

自将杨柳品题人, 笑捻花枝比较春, 输与海棠三四分。再偷匀, 一半儿胭脂一半儿粉。

선려·일반아(仙吕·一半儿), 미인 노래 여덟 수 봄 화장

수양버들 품평하는 이가 온다길래
웃으면서 꽃 가지 하나 집어 나하고 누가 예쁜지 비교해 보니
해당화에 조금 못 미치네
살짝 다시 토닥거리니
반은 연지요 반은 분이로구나

仙吕·一半儿, 拟美人八咏 春醉

海棠红晕润初妍, 杨柳纤腰舞自偏, 笑倚玉奴娇欲眠。粉郎前, 一半儿支吾一半儿软。

선려·일반아(仙吕·一半儿), 미인 노래 여덟 수 봄날 술기운

해당화 예쁜 홍조 반지르르 피어나고
버들가지 가는 허리 하늘하늘 춤을 추다
시녀에게 기대어 미소 머금은 채 잠들려 하네
낭군님 오시기 전에 화장을 하려 해도
일어나려는 생각 절반이요 나른한 마음 절반이라

* * *

中吕·普天乐, 别情

鹧鸪词, 鸳鸯帕, 青楼梦断, 锦字书乏。后会绝, 前盟罢。淡月香风秋千下, 倚阑干人比梨花。如今那里, 依栖何处, 流落谁家。

중려·보천악(中呂·普天乐), 이별의 아픔

그이가 써 준 자고사(鹧鸪词)[1]
내가 원앙 수놓아 보낸 손수건
청루(青楼)의 꿈은 끊어졌으니
비단 편지(锦字书)[2] 오는 일 없음이라
다시 만날 기회가 없는데
이전의 맹세가 무슨 소용인가
담담한 달빛 봄바람 따스한 날 그네 밑에서 만날까
난간에 기대선 사람 배꽃 같아라
지금은 어디에서
어느 곳에서 지내며
누구의 집으로 떠돌고 있을까

1) 자고천(鹧鸪天)과 서자고(瑞鹧鸪) 2곡의 사패에 따라 쓴 사.
2) 전진(前秦)의 소혜(苏惠)가 비단에 회문시(回文诗)를 수놓아 변방의 남편에게 보낸 뒤 사랑하는 사람끼리의 서신을 금자서(锦字书)라고 하게 됨.

* * *

越调·柳营曲, 江上

烟艇闲, 雨蓑干, 渔翁醉醒江上晚。啼鸟关关, 流水潺潺, 乐似富春山。数声柔橹江湾, 一钩香饵波寒。回头贪兔魄, 失意放渔竿。看, 流下蓼花滩。

월조·유영곡(越调·柳营曲), 강 위에서

안갯속 한가한 작은 배
비 젖은 도롱이 바람에 마르고
늙은 어부 술 깨고 보니 강 위 저녁이 왔네
새들 재잘재잘 지저귀고
물은 졸졸 흐르니
마치 푸춘산(富春山)[1)]의 즐거움이로다
유연하게 노 젓는 소리 세어 보다 강 굽이진 곳에서
차가운 물결 위로 낚싯밥을 던졌으나
고개 들어 달빛을 탐하다가
깜빡하고 낚싯대를 놓쳐버렸네
정신 차려 쳐다보니
여뀌꽃 여울로 흘러왔네

1) 한(汉)나라의 엄자릉(严子陵)이 여기에서 농사짓고 물고기를 잡으면서 은거하였다고 하여 옌링산(严陵山)이라고도 함. 저장 퉁루현(浙江桐庐县) 서쪽에 있음.

▶ 이 곡의 늙은 어부는 과거에 실패한 자신을 가리킴. 사덕경은 과거에 낙방한 뒤 강기슭에 은둔해 살면서도 마음으로는 과거에 급

제하고 싶은 욕심을 버릴 수 없었음. 자연경관을 빌어 이상적인 은둔생활을 가장하면서도 마음속으로는 무겁게 내리누르는 고뇌를 떨치지 못하였음.

조현굉(赵显宏, 생몰연대 불상)

1320년 전후(인종 연우仁宗延祐 말기)에 생존했으며 호는 학촌(学村), 자는 이거(里居).

黄钟 · 刮地风, 别思

春日凝妆上翠楼, 满目离愁。悔教夫婿觅封侯, 蹙损眉头。园林春到, 物华依旧。并枕双歌, 几时能够。团圆日是有, 相思病怎休。都道我减了风流。

황종·괄지풍(黄钟·刮地风), 이별 그리고 그리움

봄날 화려한 차림으로 취루(翠楼)[1]에 올랐더니
이별의 서글픔이 눈에 가득 차네
남편에게 공적 세우라고 부추긴 것을 후회하니[2]
미간을 찌푸리다 못해 상처가 되었네
정원에 봄이 와
풍경은 이전처럼 아름답거늘
같이 베개 베고 더불어 노래 부르는 것
어느 때나 이루어질까
함께 단란하게 지내는 날이 오기까지
그리운 병이 멈출 수 있을까

모두 말하기를 나의 풍류가 줄었다고 하네

1) 고대의 부잣집은 푸른색으로 누각을 장식하였음. 여기서는 여주인공의 신분과 작품의 계절을 고려하여 취루라고 함.
2) 첫 구절과 셋째 구절은 왕창령(王昌齡)의 '규원(閨怨)'에서 인용.

▶ 괄지풍(刮地风)은 황종궁(黄钟宫)에 속하는 곡패로 북곡에서 비교적 많이 사용됨.

* * *

中呂 · 滿庭芳, 樵

腰間斧柯, 觀棋曾朽, 修月曾磨。不將連理枝梢銼, 無缺鋼多。不饒過猿枝鶴窠, 慣立盡石澗泥坡。還參破, 名繮利鎖, 雲外放懷歌。

중려·만정방(中呂·滿庭芳), 나무꾼

허리춤의 도끼
바둑 보는 새 자루가 썩고[1]
달을 수리하려 날을 갈았네[2]
연리지 가지는 치지 않으니

이 빠진 곳 한 군데 없네
원숭이가 타는 나무 학이 둥지 튼 곳 마다 않고
돌투성이 계곡과 진흙 비탈도 평지처럼 익숙하네
명예와 이익에 사로잡힘의 덧없음을
이미 깊이 깨우쳤으니
구름 너머에서 기분 좋게 노래 부르네

1) 진(晋)나라 때 왕질(王质)이 산에 나무하러 가서 동자 둘이 바둑 두는 것을 보다 대국이 끝나고 나니 허리에 찼던 도낏자루가 썩어 있었음.
2) 달은 일곱 종류의 보석으로 만들어졌는데 하느님이 82,000명의 수리공으로 하여금 표면을 매끈하게 유지하게 함.

元曲 300首 (中)

초판 1쇄 발행 | 2024년 10월 10일

옮긴이 | 류　인
엮은이 | 이용헌
펴낸이 | 윤용철
펴낸곳 | 소울앤북
주　소 | 경기도 파주시 회동길 325-22, 3층
편집실 | 서울특별시 중구 을지로14길 8, 618호
전　화 | 02-2265-2950
이메일 | poemnpoem@gmail.com
등　록 | 2014년 3월 7일 제4006-2014-000088

ⓒ 류인, 2024

ISBN 979-11-91697-15-5   04820
　　　979-11-91697-13-1　(세트)

* 이 책의 판권은 옮긴이와 소울앤북에 있으며 무단 전재를 금합니다.
* 잘못된 책은 교환해드립니다.